武田綾乃

Ayano Takeda

請大聲呼喊愛吧

Three Cheers for your Love!

請大聲呼喊愛吧

Three Cheers for your Love!

目錄
Contents

簡介
005

第一章
008

第二章
069

第三章
141

第四章
210

尾聲
276

請大聲呼喊愛吧

請大聲呼喊愛吧

「請大聲呼喊愛吧」是在YouTube投稿遊戲實況影片的四人團體。曾公開表示全體成員都是現任男高中生。主要略稱為「愛呼喊」。

成員

信張、漱十、芭焦、田村麻呂。

※詳細介紹記載於後頁。

簡介

實況影片基本上以四名成員一起玩遊戲為主。各成員的聲音差異相當大，很容易分辨。影片剪輯由芭焦獨力完成。頻道創立未滿三個月，影片觀看次數就已經突破三百萬，目前頻道訂閱人數超過三十萬人。

Characters

登場人物介紹

芭蕉（松尾直樹） MATSUO NAOKI

擔任所有影片的剪輯後製。特徵是中性的聲音。個性基本上屬於溫和型。

漱十（夏目拓光） NATSUME TAKUMI

比其餘三人年長一歲。喜歡落語。眞人實況時是穿和服長着出鏡。

田村麻呂（坂上明彥）
SAKAGAMI AKIHIKO
特徵是偏低的聲音與強烈的吐槽。
講起遊戲冷知識時經常被忽略。
信張（織田博也）
ODA HIROYA
實況團體的隊長。
特徵是明朗的聲音和誇張的反應。

第一章

「一起當YouTuber吧。」

當兒時玩伴突然對你做出如上發言時，請從以下選項中，選出最適當的回答：

①這也太突然？

②我們不是很久沒說過話了嗎？

③油……土——伯？

因為感覺從站在面前的這個人口中聽到一個光是聽見就覺得可怕的單字。我抓住稍嫌過長的制服西裝外套袖口，緩慢地深吸一口氣。鼻翼張開的同時，象徵春天的小蒼蘭香也充斥於肺部。這股香氣是來自新任班導為了慶祝「高中新生入學滿月」而裝飾在教室後方的花。

「油……土——伯？」

最終我強行讓就要逃避現實的大腦重新啟動，說出第三個選項，感覺就像自己是個才剛抵達地球，被迫看著手機畫面的外星人。可惜這種三流演技當然騙不過那傢伙，只見兒時玩伴站在放學後的教室裡，不當一回事地帶著明朗笑容道：

「不不不，這是什麼笑話嗎？」

「不是開玩笑，我是……」

「好啦，跟我一起當YouTuber吧。」

「至少解釋一下，你為什麼想找我？」

「啊？為什麼？」

「想知道『為什麼』的是我才對吧。」

我盡全力的反擊似乎沒什麼效果，眼前的人毫不在意地歪頭說「我還以為你一定會馬上答應」。他的襯衫袖口捲至手肘，大剌剌地秀出肌肉結實的手臂。

我們雖然被分到同一班，然而我這名為織田博也的兒時玩伴，擁有將近一百八的身高，加上出色的體態、極具親和力的笑容，在男女之中都很受歡迎，就連他加入的籃球社和放學就回家的我都是完全相反的類型。而且，姓名給人的感覺也完全不同，我的名字是「松尾直樹」，發音聽起來比「織田博也」柔和很多。不過我對此只是有一點在意而已啦。

「你今天不用去社團練球？」

「今天社團休息，不去也沒差。」

「原來是休息。」

「對啊，不過你覺不覺得，我們自從上高中以後就開始疏遠了？」

有必要說得這麼明白嗎？面對織田朝我投來的澄澈目光，我將差點脫口而出的這句話吞了回去，感覺再裝下去會顯得太傻，我抬手抓了幾下瀏海，把頭髮撥亂。

我和織田成為朋友的理由非常簡單，只是因為住得近，所以從幼兒園、國小到國中都是同校，只不過在上國中以後，就漸漸不像以前那樣把彼此擺在第一位了。國中時織田還會主動熱情地找我聊天，但上高中之後即使同班，也變得更疏遠。

原因之一，可能是我單方面對織田產生了不敢靠近的感覺。畢竟織田那麼受同學歡迎，和他要好的人，都是對安靜老實的我而言很難接近的運動類社團社員，而且我一直覺得織田可能已經對我這種不起眼的人失去興趣了，看來實際上和我以為的不太一樣。「YouTuber 啊……」我反芻著他剛才提出的建議。

「織田，你有那麼喜歡 YouTube 嗎？」

「沒有啊，還好。」

「一天大概會看多久？」

「看狀況，大概一兩個小時。」

「啊……的確只是普通程度而已。」

我可是每天最少會花四小時看 YouTube 的人，電視反倒只會看晨間新聞和預錄的深夜搞笑節目而已。雖然聽說電視曾是年輕人的主要娛樂，但以二〇一九年五月七日的當下而言，有點難想像了。尤其黃金時段的節目內容幾乎都是為年長觀眾設計，而不是針對年輕觀眾，比如美食報導、猜謎節目、健康養生知識、生活小百科……要是問年輕人愛不愛看這些，答案是否定的。

現在的電視節目幾乎沒有我們年輕人的位置了。

「松尾感覺就很愛看YouTube的樣子。」

「嗯，我是不否認啦。」

「那不是很好嗎？我們兩個一起在YouTube大賺一筆吧？」

「你講得很簡單，當YouTuber哪有那麼容易。」

織田一直提起的「YouTuber」這個詞，是指在影音平臺「YouTube」上傳影片的人。YouTube是由美國的超大型企業Google所經營的影音分享平臺，YouTuber在日本的普及度與日俱增，還到了名列國小生將來職業和夢想第一名的程度，近年人氣度很高的YouTuber收到電視節目邀請的次數越來越多，知名度不再侷限於網路了。

「話說回來，也該跟我解釋了吧？」

「嗯？解釋什麼？」

因為我的座位靠窗，此刻織田正以雙手環胸的姿勢倚在窗邊。時間來到傍晚，逐漸西斜的耀眼光芒染紅了教室，織田的膚色被罩上一層金紅。這個人安靜不說話的時候就像一幅畫，我心想。

「好吧，退一百步來說，就算織田你真的想當YouTuber，但為什麼是找我一起呢？」

「因為我聽本間說，你有幫輕音社製作過影片。」

他口中的本間，指的是同班的本間佳代同學，她是輕音社的社員，也是一位和任何人都聊得來的女學生。

「就是這個。」織田若無其事亮給我看的手機畫面中，顯示的是校內輕音社的官方頻道內，一支用來招新的宣傳介紹影片，以全螢幕模式顯示出來的影片對我而言是非常眼熟的內容。

短短十秒的開場後，出現在畫面裡的是一間小型練習室，輕音社社長就坐在正中央的折疊椅上，邊誇張地揮動雙手，邊對著鏡頭滔滔不絕，底下則配合他的發言同步顯示字幕。

『說到這裡呢，今天是想對新生們介紹一下我們輕音社！世上的所有高中生都對輕音社很有興趣吧？話說，不可能有沒興趣的高中生吧，所以加入輕音社只有好處沒有壞處啦！我們社的成員無論男女全都是好人！啊，但是我們沒有在出租樂器，所以請大家自行準備！然後呢——』

影片播到這還剩五分鐘，織田卻按了暫停鍵，影片裡的社長就這樣定格在嘴巴張到一半的狀態。

「哎呀～真是部好影片。」

織田深有感觸般地頷首。我卻覺得十分困惑，雖然這支影片從拍攝到剪輯後製幾乎都是由我包辦，成品卻不足以令人如此稱讚。觀看次數只有五十二次，在校內也沒什麼討論度。

「你真的是因為這支影片才來找我的？」

「沒錯！」

織田莫名充滿自信地朝訝異的我點頭。

「我覺得這支影片看起來超順！其實我完全沒興趣聽輕音社社長在講什麼，卻很順地看完了，一定是因為松尾剪輯做得很好，例如這邊——」

織田拉動影片下的進度條，把影片倒回去開頭三十秒的時間點重播。

『話說，不可能有沒興趣的高中生吧，所以加入輕音社只有好處沒有壞處啦！我們社的成員無論男女全都是好人！』

然後織田在這一段重播的社長發言中，完全看不出特別之處的一幕按下暫停，提高聲音說：

「就是這裡！」

「他每說一句話，就會稍微換姿勢，是因為松尾把每句話之間的停頓都剪掉了對不對？」

「是這樣沒錯。」

「果然～我就說吧，有注意到的我真厲害！」

「啊，結果是想稱讚你自己？」

「開玩笑啦，能剪出這樣的影片的松尾很厲害耶，像我就做不到。」

我很不習慣被人如此熱烈地稱讚，低下頭去掩飾發燙的臉頰。

「也、也沒有你說的那麼厲害啦。」

而且這是YouTube上常見的一種剪輯方式。

網路影片在語速、說話方式、銜接度、情節發展等方面，節奏都比電視節目快很多，靠單人聊天來吸引觀眾的YouTuber在這方面尤其明顯，說話時會有明確的節奏起伏。那是因為畫面背景是固定不變的，所以使人想專心聆聽的聊天能力變得更重要。

外行人和專業主播在說話方式上的差距，主要表現在每句話的銜接度上。雖然外行人不像電視上的藝人那樣具備將話題聊得流暢有趣的技術，但是利用剪輯後製技術就能做到將聊天內容修飾成看起來順暢易懂的影片。

例如輕音社的招生影片，就是將社長每句發言之間都剪掉一到二秒，所以觀眾看起來不會覺得冗長無趣。

「比起幫輕音社做影片，和我一起當YouTuber不好嗎？」

「不是，你這什麼邏輯？我這次只是碰巧幫一個忙而已，因為本間同學知道我對製作影片有興趣，所以主動找我說可以幫我拍影片，作為謝禮讓我去幫輕音社……」

「你的興趣就是那個吧？做ＰＶ。」

「什、什麼？」

還以為心臟會被嚇到停止。為什麼織田會知道我有在拍ＰＶ？可能是我表情太震驚了，織田像解釋一般很快補上一句：「是聽本間說的。」

「你該不會看了那支ＰＶ影片吧？」

「我說想看，本間就把影片檔案傳給我了。」

「本間同學把影片給你看？」

「她曾向大家炫耀喔，我也存下來了。找到了，就是這個。」

一名少女出現在織田點開的那支一分多鐘的短影片中。那是本間同學。她站在校舍後方，手中拿著的Ａ４素描簿上，以圓滾滾的可愛字體寫著「給小拓」，背景音樂中傳來隱約可聞的歌手聲音，是一首我很喜歡的歌。

『對不起說了討厭你。那時候沒有坦白說出來，其實我最喜歡小拓了！未來也想一直和小拓維持戀人關係！』

看起來就是支會使人會心一笑，彷彿生活新聞小專欄常看到的那類溫馨影片。

「……」

「……」

我看向織田，織田也回望著我。在我們周遭的，是很難稱之為溫馨的尷尬沉默。我的臉也在這死寂的氣氛中，開始逐漸發燙。

「為什麼看完就不說話？」

「不是啦，我是在思考這影片算不算ＰＶ。本間她因為被拍得很可愛所以覺得很高興，但是我覺得這支影片的節奏和剛才不同，太悠閒了，只是本間對她男朋友喊話而已，滿無聊而且會沒興趣看下去，但是輕音社的招生影片看起來就不會無聊。」

「不，不是，因為這是以重視銜接度為主而做的影片，和專門做給大範圍觀眾看的招生影片不一樣。」

「話說本間這支影片的標題是？」

「……『請大聲呼喊愛吧』。」

「噗。」

「不要笑！」

「我沒笑你啦。」

織田的手指滑過手機螢幕，將影片拉到本間害羞地告白的部分：

『小拓第一次跟我說話的時候，我心臟跳超快，還以爲會死掉，因爲小拓你對我說的第一句話是「要跟我一起嗎？」。明明小拓說的「一起」是去買社團要用的東西，結果我以爲你是在跟我告白——』

一一細數和男友之間種種回憶的本間同學看起來非常可愛。這和她長相端正，屬於美少女類型無關，而是鏡頭有捕捉到她特有的人格魅力。

「本間把影片拿給我看的時候，說『這是我幫松尾同學做的ＰＶ』，結果內容跟我想像的差很多。這該不會是不能給別人看的影片吧？」

「被看到也沒關係，我是把檔案當作謝禮傳給本間同學，但是沒想到她真的會拿給別人看。」

「這影片做得那麼完整，連字幕都有，為什麼沒想過公開給別人看？」

「做了不一定要公開吧？這和本來的話題無關。」

「說得也是。」

我反駁後，織田乾脆地放棄追問，只是把手機放回胸前口袋，像是想換個話題一般長長吐出一口氣，低頭沉默片刻，又重新抬起頭來。

「和我搭檔吧。」

「不是，所以是為什麼？」

「你就答應吧，在我周遭沒有比松尾更會做影片的人了。」

「正確來說是你根本不認識除了我以外其他會做影片的人吧？」

「才不是那樣，我覺得你是天才。」

「我怎麼可能是啊。」

「不用謙虛啦，而且我跟你本來關係就不錯，不需要擔心意見不同鬧解散。」

「……」

「我是很認真在邀請你，你就答應吧，我不想和除了你以外的其他人搭檔，而且我們不是從小就認識的朋友嗎？」

這傢伙也太會說話了吧，明明上高中之後的這一個月來一次都沒有以朋友的身分找過我。隨便想想都能找出很多「不喜歡引人注目」、「就是喜歡獨自做影片」之類拒絕他的理由。然而我下意識脫口說出的，卻是和內心種種不滿完全相反的話：

「既然織田這麼說，那就試試看吧。」

「真的嗎！」

織田興奮地用力拍桌，上半身朝我傾斜過來，我連忙後仰躲開。

「但是，你既然決定了，就要認真做喔。」

「當然，松尾願意做才是最重要的，那我們立刻來開作戰會議吧。」

「去哪裡開作戰會議？」

面對我的疑問，織田理所當然地答道：

「當然是去你家。」

我是所謂的「鑰匙兒童」。母親獨自在外地工作，父親經常加班，所以這個大人經常不在的家在我國小時期很自然地成了國小生聚會的地點。當時父母買給我的電玩是我唯一用來打發無聊時間的道具。

「好懷念啊，都多少年沒來了？」

我家位於公寓的一隅，織田曾在國小時期頻繁造訪這間四房兩廳一廚的房子。織田在玄關脫下運動鞋，將鞋子整齊放好。和他輕浮的外表不同，織田在這種地方意外地注重禮儀。

「大概有五年或六年吧？」

「真的假的，難怪很多東西看起來都變小了。」

「我家太小真是抱歉——啊，等一下。」

我連忙阻止已經握住我房間門把的織田。織田訝異地歪頭「嗯？」了一聲。我努力裝作冷靜的模樣，開口道：

「不好意思，我們去客廳吧。」

「不去你房間嗎？」

「房間現在不是能招待客人的狀態。」

「因為很亂？」

「不算太亂，是我不想在沒做好心理準備的時候，被人看到房間。」

「出現了——松尾的完美主義。是不是有藏色色的東西？」

面對咧嘴發笑的織田，我的眉心不自覺地皺起。使我產生不愉快的不是「完美主義」這個詞，而是他那彷彿很了解我的語氣。

「總之，進來吧。」

「好好好，去客廳。」

將燈打開後，照亮的是宛如印在樣品屋宣傳冊上美麗的客廳。灰色沙發是父親的喜好、玻璃茶几是母親的喜好，鋪在木質地板上的地毯則是我喜愛的卡其色。栽種在電視旁巨大花盆中的，則是據說對氣溫變化具有很強適應力的棕櫚科植栽。

「你家客廳，以前是長這樣嗎？」

織田在客廳裡四處張望。我國中畢業時重新裝潢過，和他記憶中的陳設應該大相逕庭。

「當然不一樣，你想想都過去多少年了。」

「喔——」

織田半坐在沙發上，打了個大大的哈欠。當他面朝側邊的時候，可以看見後頸髮尾是略為淺淡的明亮髮色。雖然我不清楚這算不算是一種時尚，但和織田的氣質非常相配。

「要喝什麼？」

「牛奶。」

「我家現在只有麥茶。」

「只有一種還問什麼？」

「總要先問一下。」

「喔，那我想喝麥茶。」

「感謝你的體諒。」

從冰箱拿出麥茶，倒進兩個杯子裡。因為雙人沙發被織田占領，我只好在單人沙發坐下。先將托盤放在茶几上，再將玻璃杯放到並排的杯墊上。織田只瞥了一眼，沒有要喝。

「所以，馬上來說 YouTuber 的事吧，松尾有沒有想拍的題材？」

「先說要做的人是織田，應該從織田想做的開始吧。」

「可是，我完全沒想法耶。」

「啊？」

我不自覺地皺起眉頭，織田則是一臉無辜地重新交疊長腿。

「織田到底為什麼會想當 YouTuber？」

「因為就是，好像很酷又很好玩啊。」

這個模稜兩可的回答，使我不由得伸手按住太陽穴。回想起來，織田的確從以前就是想到什麼就做什麼。反正大概又是籃球社最近興起關於 YouTuber 的話題之類的原因吧。

「總之我呢，就是想和松尾一起做點什麼。」

「為什麼突然對我有這種執著？」

「沒什麼理由，就是想這樣，不知為何。」

織田輕笑了一下。他是不打算回答，還是根本沒有足以當成答案的理由呢？

我深深地嘆了口氣，將身體沉沉靠上沙發椅背。

「我明白織田的想法了。你把成為當紅 YouTuber 這件事想得很簡單。」

「我沒有想得很簡單。只是覺得 HIKAKIN 那樣超厲害的。」

「如果有人以成為 YouTuber 為目標，卻說 HIKAKIN 一點都不厲害的話，我覺得乾脆放棄比較好。」

HIKAKIN 是日本的 YouTuber，最近在日本電視節目和廣告中亮相，是個紅到突破網路框架的超級名人。最初是以運用人聲節奏口技來演奏音樂的 Beatbox 為主題上傳影片，如今涉足許多領域。

如今眾人眼中的知名 YouTuber 或許已經變成近似藝人的存在。從廣播到電視、再從電視發展到網路，每出現一種全新的媒體，就會出現與其對應的新星。

「首先，我和織田應該從決定要做哪一種類別的影片開始。」

「什麼是類別？」

要從解釋類別開始嗎？我嘆了口氣。

「織田，你覺得怎樣的人會被邀請上電視節目？」

「嗯——演員、搞笑藝人，還有運動選手？」

「還有很多種。比如播報新聞的主播、擅長評論的名嘴、氣象預報員。烹飪節目會邀請廚師。音樂人也會上節目，比如歌手、樂手，通告藝人也是。」

「所以呢？」

「意思是YouTube也只不過是框架，和電視差不多，只是媒體的一種。比如前一段時間電視節目不是經常在報導迷惑系YouTuber嗎？而且有一陣子電視節目經常把YouTuber當傻瓜來嘲笑。」

不過，無論哪一種媒體都有這種風險，並不只侷限於YouTube。從電視到雜誌，甚至包括日常生活，到處都有，都會出現為了輕易獲得關注度而倚賴偏激言行的人們。

「YouTuber已經不只是一句話能概括的職業了。這樣的話，就會和那些看到深夜節目的無厘頭行為，就皺眉批評現代年輕人素質很差的人一樣完全搞錯重點。我們現在需要的是構想和分析。具體來說就是要以哪個觀眾為客群，以及我們實際上能做到什麼。」

我一口氣說完，才發現織田正滿臉笑容地望著我，於是我噘著嘴問：「幹嘛那樣看我？」織田則笑著道：「只是覺得你說話好快。」

「阿宅在這方面是不是都很強啊？對喜歡的東西就很厲害。」

「抱歉喔，我是個阿宅。」

「我是在稱讚你啦。果然想當YouTuber就是要找松尾一起才對。」

織田說著，端起玻璃杯啜飲麥茶。織田還是老樣子，能說會道。完全能明白這傢伙為什麼很受歡迎，因為他是個會毫不猶豫地將稱讚說出口的人。

「總之，就先從YouTuber的類別開始說明吧。織田大概除了喜歡的YouTuber以外，不會去看其他人的影片對不對？」

「對啊，完全不看別的。」

織田秒答，反而讓人感到暢快。在YouTube註冊帳號之後，就能使用功能眾多的個人化觀賞服務，其中最重要的一項功能就是「訂閱內容」。

上傳影片的投稿者，都擁有自己的頻道。而且任何人都能輕易建立設定，之後觀眾能透過訂閱頻道的功能第一時間得知頻道有更新。當然，觀眾也能看到沒訂閱的其他頻道的影片。

雖然YouTube上有著數量驚人的影片，但大多數觀眾都習慣優先觀賞喜愛的訂閱頻道的影片，除此以外的影片連看都不看。

輕音社的影片就是個好例子。觀看次數只有兩位數，是相當常見的狀況。

「最受歡迎的影片類型，大概是真人娛樂吧。比如大型企畫、實驗類影片，還有一段時期大家都在做曼陀珠加可樂整人、挑戰用史萊姆泡澡，還有無人島求生的實境影片、召集幾百人一起玩捉迷藏之類模仿電視節目的企畫。這或許是年輕觀眾群最愛看的。」

「嗯，感覺很容易想像，我常看的也是這種影片。」

「像這類影片，製作上最困難的部分還是企畫發想，還有，實際執行起來也很費工夫。比如體驗豪華旅行之類的企畫，對身為學生的我們來說太難了。」

說到頭來，所謂YouTuber是做什麼的人呢？經過思考，我的結論是YouTuber等於「單人電視製作」。從影片的企畫、拍攝、演出、剪輯到宣傳，將這些都一手包辦的就是YouTuber。這不是學生能用課餘時間輕易做到的事。

「我覺得知名YouTuber可以用演出能力和企畫能力來區分。而YouTube的強項就是不必像看電視一樣被迫看不感興趣的片段。舉例來說，假設我喜歡某一位年輕表演者，雖然想透過電視看他演出，但是他在全長一小時的節目中說不定只會說三句話。但是在YouTube，就可以百分之百只看那位表演者，可以做到將時間全部用在觀看喜愛的表演者上。」

「讓使用者可以只看他們喜歡的部分就是這麼一回事。電視節目是針對廣大客群，所以採取將老年人取向和年輕人取向全部混在一起的製作方式，YouTube則是直接對特定族群提供他們想看的內容。」

「開箱評測和教學影片也是很受歡迎的類別。開箱評測顧名思義就是介紹商品的影片。教學類是分享日常生活中的實用知識，比如烹飪、化妝之類的。像大胃王吃播或寵物分享的生活衍生題材，都有需求客群。音樂、影劇這種創作影片類別所占的比例也很多。另外像打小鋼珠、釣魚等專注於私人興趣的影片也很受歡迎。還有時長很長但只拍車、只拍營火在燃燒的影片。這些因為太小眾而不可能出現在電視上的企畫，都意外地有客群需求。另外就是教育類吧，例如英文會話、歷史、讀書等等，能免費看到和補習班講義差不多的教材。」

「這些我們都做不到吧？」

「沒錯，我也這麼想，那些都是需要專業知識的領域。也有人做追蹤熱門話題的影片……有點類似YouTube版的Wide Show，以批判社會情勢、使用激烈言論來引起爭議為主。我本身不太喜歡這類影片。」

「那松尾喜歡哪一種影片？」

這一問使我躊躇了一下，摩娑著雙手食指的指腹，緩緩地抬起頭來仰視織田。

「遊戲實況。」

聽見回答的同時，織田用誇張的姿勢舉起雙手，往沙發椅背仰倒。

「我就知道！」

「你那是什麼反應？」

「因為你從以前就很喜歡遊戲啊。」

「這麼說的話，是很喜歡沒錯。」

遊戲實況正如字面所示，是邊打遊戲邊實況的影片。話雖這麼說，遊戲實況的風格有許多種，比如解說攻略、炫技給觀眾看，或是持續自言自語般喋喋不休。根據投稿者的個人風格而有不同的呈現方式。

對遊戲實況這個類別的發展具有重大影響的人，就是搞笑團體「好孩子」的有野晉哉。二〇〇三年時，由他扮演有野課長的角色，開始了在節目中玩遊戲的企畫，在播出後大受歡迎，對眾多網路使用者造成影響。

如今一旦成為知名遊戲實況主，就會擁有驚人的粉絲數，甚至能在舉辦線下活動時填滿日本武道館或琦玉超級競技場，連當紅歌手都會相形見絀的程度。

「但是，以實際狀況來說，這是最符合現實的選擇。因為現在YouTuber的市場已經是飽和狀態了。」

人類的數量和每個人擁有的時間都是有限的。觀眾都已經找到了喜愛的YouTuber，並且忙於消化這些影片，結果造成了在YouTuber中的高知名度層級幾乎固定不變的狀況。

「本身就像藝人一樣擁有知名度算是例外，新人想獲得新粉絲是一件很困難的事。但如果是做遊戲實況，或許就有機會藉由遊戲本身的話題度吸引粉絲。比如選擇新上市的遊戲大作，觀眾就可能透過搜尋看到我們的實況影片，也比較容易出現在相關影片裡。」

「這種思考方式還滿像刪去法的。」

「不是刪去法，是從現實層面去思考。而且，要做實況的話還有條件，就是只有兩個人的話就不做。」

「啊？」

織田一反先前的姿勢，身體往前傾，注視著我。

「你剛才不是說想做嗎？」

「我是想做，但只有兩個人就不做。因為要做遊戲實況的原則就是最好有四個人。」

「那是什麼原則啊？」

「四個人比較引人注目，目標客群的範圍也會更廣對吧？這樣一來觀眾只要喜歡上其中一個人，就會持續追蹤我們。」

說得更詳細一點，是因為早期團隊合作遊戲的固定人數是四個人，要成立多人遊戲團隊的話，最適合的人數就是四。

「是這樣嗎？」

「就是這樣。」

「好，我知道了。其他條件呢？」

「不可以曝光真實身分，也不能把影片給同學看。」

這單純是我的恥度問題。一想到朋友會看影片，就根本做不了實況。

「嗯，我也贊成匿名。露臉的話，萬一炎上會很麻煩。」

「而且遊戲實況主本來就是不露臉居多。」

我從沙發站起來，打開點心收納盒拿出一包洋芋片。放在電視櫃旁邊的收納盒裡常備著應付嘴饞時的點心。

「給你，法式清湯口味。織田喜歡這個口味對吧？」

「是特別為我準備的嗎？」

「怎麼可能。是我爸上個月買的，一直放著沒吃。因為我是薄鹽派的。」

「你真是一點都沒變。」

「織田你也是。」

織田拿起放在桌上的袋裝洋芋片，發出爽快的聲響撕開包裝。我從袋子裡捏起一片洋芋片，靜靜地放入口中。清湯口味是個偶爾吃一次會覺得不錯的口味。為了沖掉沾在唇上的鹽分，我端起麥茶啜飲——

「話說，松尾和櫻田後來怎麼了？」

我忍不住噴出茶。織田不顧被茶嗆到而咳個不停的我，一次把好幾片洋芋片放進口中。

「為什麼、現在，突然提起櫻田同學啊？」

櫻田螢。是國中三年級時，和我同班的少女名字，現在似乎就讀於市內的私立女校。和如今的我沒有任何交集。

織田不知為何心情愉悅地拍了一下自己的腿。

「看你的反應，果然是沒有在交往啊。哎呀～可惜啊可惜。」

「櫻田同學和我不是那種關係。」

「不是那種關係，明明之前還讓同班的本間同學那樣大聲呼喊愛。」

「別亂講。」

被織田這麼開玩笑，我眉心微皺。織田則是咧嘴一笑。

「我從第一次聽到的時候就一直在想，本間同學那個影片的配樂，聽起來很像櫻田的聲音？」

「無可奉告。」

「不不不，太明顯了啦。既然是這樣，你做的PV該不會是為了櫻田的歌製作的吧？」

織田對這方面很敏銳。我也不喜歡因為一直否認，反而把事情鬧大的狀況，所以邊撥弄劉海，邊輕輕點頭。

「我是想拍幾支像那樣以某人訴說愛為主的影片，再以PV的形式剪接統整起來啦。總之就是為自我滿足而做的影片。」

「哇——創作欲超強。雖然我也有想過你那支PV的風格到底是怎樣啦。」

「就你話多，你又還沒看到成品。」

「那什麼時候能完成？」

「大概……還要再拍三支影片才夠。我想把這些影片剪接起來看看會不會是個好作品。」

「說起來，松尾從小就沒什麼藝術細胞啊。」

「無所謂，我又不打算傳上網路，而且那支影片我也不打算用供人觀賞的感性去做。」

「喔——？」

織田雙眼微微瞇起。雖然眼睛仍然是帶笑的弧度才對，但他眼中的笑意偶爾會消失不見，變得銳利起來。我不太會應付他這種視線，彷彿想隱瞞的事情全部被他看穿了一般，讓人坐立難安。

我將伸展在沙發上的腿交疊，小腿相貼，裝作若無其事的樣子，不經意地換了個話題。

「別說我了，織田和女朋友發展得怎樣？」

「喔？想聽嗎？簡直就是一帆風順呢。」

織田刻意攤開左手，讓戴在無名指的戒指照到光，將手舉起。

其實我根本不在乎織田的戀情，可以的話，希望他們持續圓滿下去。因為國中時期的我和櫻田同學，為了這一對的戀愛可是吃了不少苦頭。

「——然後啊，真麻就說『那種成績還敢說想跟我進同一間大學，你腦子裡面裝的是爆米花嗎？』這很真麻吧？真的被電到發麻。」

「啊，不好意思，我剛剛沒在聽。」

「給我聽啊！」

面對做出誇張反應的織田，我自然地彎起嘴角，發出「哈哈」的笑聲。織田聽到笑聲後雙眼瞬間睜圓，表情變得柔和起來。

「能和松尾像以前一樣聊天，感覺好高興。」

「咦？怎麼突然這麼說？」

「上高中之後，總覺得變得很疏遠。」

我手中拿著一片洋芋片，閉上了嘴。對織田的芥蒂，一直壓在我的心上。

「那是因為，織田都沒有來找我說話吧？」

聽見我忍著羞恥感說出的話，織田驚訝地張大嘴，做出很經典的傻眼表情。

「該不會是因為這樣？不過我以為松尾在躲我啊。」

「啊？我哪有。」

「因為你看到我和朋友一起，就會很明顯地把頭轉開，動作還會變得很奇怪。」

「那是因為織田的朋友很可怕啊！」

「哪裡可怕？都是同班同學啊。」

「像織田這種潮男，是不會懂那種壓迫感的。」

「啊——松尾從以前就很膽小嘛。」

「不是這個問題，絕對不是因為這樣。」

「不需要強調兩次吧。」

「總而言之！從以前開始，織田就是負責先來找我聊的那一方啊。」

「嗚哇，好像麻煩的女友會說的話，好可怕喔——」

「我才不麻煩！」

「好啦好啦。」

織田彷彿投降一般，將雙手舉起。雖然還有很多想講清楚的部分，但我還是放他一馬。我靠在沙發上，腳尖稍微往前伸展。

「那麼，回到主題上，我想做四人團體的實況。」

「啊，YouTuber的事。」

「織田有想邀請的人嗎？」

面對我的提問，織田彷彿陷入思考般摩娑下巴。「雖然對膽小的松尾很抱歉啦。」他如此說著，豎起一隻手指。

「有一個感覺很好用的傢伙。」

我看著答應得相當爽快的男同學，切身感受到織田真的是一點都不懂我的心情。

在織田提議一起當YouTuber的隔天午休，當我正在和宅圈的朋友一起悠閒吃午餐的時候，被織田不由分說地拉走。朋友們還半認真半開玩笑地問「敲詐嗎？」、「要吵架嗎？」，我只能含糊地回答「應該沒事」。畢竟連我自己都不太清楚發生什麼事。

我被強行帶到人煙稀少的第二體育館。抵達的時候有幾個籃球社社員在玩投籃。我們學校的籃球社算滿強的，聽說有不少人是衝著籃球社才來這裡就讀。但美中不足的是，籃球社的規模太大，據說一軍和二軍之間，實力和意識的落差非常大。我還知道，抓著我手臂意氣風發地走進第二體育館的織田，以及被織田從體育館裡叫出來的這名男同學，都是隸屬二軍的成員。

「欸，坂上！你對遊戲實況有興趣嗎？我們想找你一起當YouTuber。」

織田一開口說的就是這番話，然後先前那句話就是來自對方的反應。面對朋友突如其來的邀請，坂上雖然一副滿頭問號的模樣，但還是爽快地答應。

「遊戲實況？也行啊。」

「好耶！」

我站在握拳叫好的織田旁邊，從下往上觀察坂上的身體。他的頭比身高將近一八〇公分的織田更高，總而言之是個大塊頭。從手腕、雙腳到各種部位都很壯實，屬於脂肪和肌肉混合型，應該一拳就能將我這種身材的人輕易揍飛吧。「體格結實」這句話，應該是對坂上明彥而言最貼切的形容詞。

而且他和織田一樣，都和我同班。

——太可怕了！這是我的感想。在平常和織田一起行動的那群朋友之中，坂上可是堂堂登上「我不會想靠近的排行榜」光榮第一名的人。別說和他說話了，我們連視線也沒有對上過。他的髮型有種莫名的壓迫感，據說便服風格也相當嚇人。

「織田、織田。」

我拉了一下織田的袖口，把他帶到離體育館入口有一段距離的位置。「坂上，等我一下。」織田很有規矩地朝坂上喊了一聲，坂上則是無聊地在原地等著我們。

不得不說，以比高一男生平均身高還矮的我來看，織田和坂上的臉都在一個相當高的位置。我想講悄悄話的時候，織田像配合我一樣，稍微彎下腰。他國中時不會有這種舉動，可能是和女朋友聊天時養成的習慣。雖然身高是無罪的，但還是原諒一下因此不爽，器量狹小的我吧。

「第三個人難道是坂上同學？」

「是這樣沒錯。」

「我說，你有事先對坂上同學說明嗎？比如成員還有我之類的。」

「不，完全沒說。」

「這樣一來，從他的角度來看會對我為什麼在場感到疑惑吧？話說，我和坂上同學在各方面都完全不一樣吧，這樣子有辦法友好相處嗎？」

「可以的，沒問題啦，因為坂上人很好。」

那是對織田而言吧！我差點想這樣大喊。說起坂上，就是會在打掃時間邊搬桌子邊威嚇我朋友「不要站在移動路線上」，體育課時會對身體不舒服的我朋友怒吼「快點去保健室」、那個令人害怕的坂上。總而言之是個說話很大聲也很恐怖的人。

「松尾你啊，一開始就把界線劃得太清楚了。」

織田輕輕拍了下我的肩膀。是這樣嗎？然而在我看來，先劃界線的是為了不被小看而肆意散發壓迫感的坂上他們啊。

「讓坂上等太久也不好，走，回去吧。」

「邀請坂上已經確定了嗎？」

「對啊！」

嗚哇，笑得也太燦爛！面對露出潔白牙齒咧嘴一笑的織田，我失望地垂下肩膀。事到如今，說些至少要先找我討論吧之類的抱怨也於事無補了吧。

「抱歉抱歉，坂上，讓你久等啦。」

「沒事，我是沒差啦，不過……」

坂上的目光看著被織田拖過去的我身上。在旁人眼中，意氣風發地朝坂上走去的織田，以及他旁邊表情宛如剛喝掉一杯蔬菜汁的我，想必超不協調。

「你剛才說的遊戲實況，是和那邊那傢伙……等一下，你的名字是？」

「松、松尾。我叫松尾直樹。」

我和坂上說話時，身體會自然地蜷縮起來。話說，至少要記得同班同學的名字啊。不過想當然，我這句抱怨就是在腦內想一想而已。

「啊——對喔，松尾對吧，松尾。」

「不要忘記別人的名字啊。」

面對織田的指責，坂上以劈手刀般的動作揮了揮手。

「抱歉抱歉。所以說，你把人帶來這裡，意思就是松尾也要一起做遊戲實況？」

「對對對。松尾超——懂電腦喔。」

並沒有，我沒有很懂電腦，只是會一些剪輯技術而已！但這個反駁，我依舊說不出口。為什麼我會如此膽小呢？

「喔——」

坂上抱起粗壯的雙臂抱胸俯視著我。我像被蛇盯住的青蛙一般全身僵硬。他打量似的凝視我的臉片刻，將視線轉向織田，語氣隨意地開口問。

「所以，團體名稱之類的要怎麼辦？」

這傢伙，是來真的！我這麼想道。

作戰會議的地點，很自然地定在我家。沒有大人在，就算吵吵鬧鬧或待太久都不會被罵。就這一點而言，我家非常適合當作聚會地點。

「又──是在客廳嗎？」

「假如你有事先說要來的話，我也會把房間準備好啊。」

「不就是臭男人的房間嗎，髒一點也沒人在意啦。」

「不是髒不髒的問題，問題是房間狀況不完美。」

「好啦好啦。」

坐在客廳沙發上的坂上，用新奇的目光眺望我和織田對話的情景。我端出軟木材質的托盤，放上三個裝有麥茶的玻璃杯。

因為坂上先一步占據單人沙發，我和織田只得並排坐在雙人沙發上。這樣總比坂上和織田坐在一起好。畢竟他們身材都很高大，在雙人沙發上看起來肯定很擠。

「所以，這是松尾做的影片？」

坂上將手機轉成橫向角度，播放著 YouTube 上的影片。織田邊「對啊對啊」地應和，邊撕開薄鹽口味的洋芋片包裝。洋芋片是剛才在便利商店買的。

「喔──原來輕音社做過這種介紹影片，看起來很流暢。」

「是、是這樣嗎……」

我那彷彿隨時會消失的語尾助詞，是因為還不確定能不能對坂上使用隨和的語氣。雖然目前坂上看起來沒有因此生氣，但還不知道他心裡是怎麼想的。

「松尾和織田，你們是怎麼認識的？」

「是兒時玩伴，家住得很近。」

出聲回答的是織田。被搶先一步的我，為了排解無事可做的狀況，於是往嘴裡放了一片洋芋片。

「喔～難怪感情會這麼好。在學校是裝不熟嗎？開學到現在，都沒看過織田和松尾友好相處過。」

「沒有裝不熟啦，只是有一點誤會而已。」

「喔，反正我對織田的交友狀況沒興趣，無所謂啦。」

「不是，稍微有點興趣吧。」

織田拍了一下坂上的肩膀，兩人就這樣放聲大笑起來。但我不明白剛才的對話哪裡有笑點。在他們之間有某種獨特的氣氛，能清楚感受到彼此很懂對方在想什麼。這裡分明是我家，我卻有種獨自被排除在外的疏遠感。

「所以說，松尾是被織田拉進計畫裡的吧？」

話題突然被拋過來，我用變調的聲音只「嗯」了一聲作為回答。坂上用撐在腿上的手托住下巴，將臉朝我湊過來。
「遊戲實況主啊……我也滿常看YouTube，要做團體實況的話，我覺得四個人會比三個人好喔。」
「啊，我這麼覺得。」
坂上似乎比織田更了解YouTube，知道他和我的看法相同，我稍微放鬆下來。
「對吧？玩團隊合作遊戲基本上是四個人，所以剩下的那一個人你們有人選嗎？」
「我完全沒有，這方面是織田負責的。」
「我？除了坂上以外，我想不出其他適合的人了。」
「想不出來的話，不能隨便找一個人來湊數嗎，像是籃球隊的人？」
「當然不能了，這可不是玩玩。」
織田立刻否決掉了坂上的提議。他原來不是玩玩而已嗎……我悄悄打量織田的側臉。平時總是嬉皮笑臉的他，眼神是難得的認真。
「總之，在挑成員方面我是不會妥協的。」
「你就那張嘴特別會說。」坂上嘆了口氣道。
「但我也贊成織田不想隨便找的想法。」
「那找松尾的朋友怎麼樣？說起來我是織田的朋友，再邀個松尾的朋友來很剛好吧？」
「不行，松尾的朋友都不夠顯眼。」
之所以沒有對織田不禮貌的發言生氣，是因為我深刻知道他說的是事實。我和我的朋友圈的確都十分不起眼。但我要強調一件事，正因為有我們這群不起眼的小人物在默默努力，這個社會才能正常運作喔！

「說得也對，成員裡有兩個不起眼的人或許不太好。」坂上說。「對吧？」織田得意地繼續說下去。

「你們想想看，偶像和藝人都有所謂的人設。對團體來說，平衡很重要。這樣一想，我們三個人的人設其實很平均。」

說到這裡，織田豎起拇指比向自己。

「我是負責帥氣，松尾是負責可愛，然後坂上是負責搞笑的。」

坂上立刻吐槽了一句「我也是負責帥氣的吧」。被說是負責可愛的我則不以為意。

「所以，對於以加入我們三個人為前提，需要哪種人才，我已經有想法了。」

「然後呢？」

我催促他趕快說下去，織田故作玄虛地摩娑著下巴。

「就是遠程武器型的人。」

「這也太抽象了吧。」

「說得更好懂一些，就是會突發奇想，能做出超越常識之外的有趣行動的傢伙。」

雖然織田說得很簡單，但要符合這個條件很難。我在沙發上弓起脊背，一一回憶自己至今為止的交友狀況。印象中最超出常識的就是國小時把蝸牛養在口袋裡的東田同學，不過織田想找的類型應該不是這種。

「啊～那我想到一個人。」

坂上舉手說道「你想到誰？」，織田連忙追問。

「喔，不是認識的人，我之前去輕音社的現場表演有看到一個各方面都很猛的表演者，想說那個人不知道符不符合。」

「輕音社，聽起來不錯。就把那傢伙列為第一人選吧。下次輕音社辦現場演出，我們三個就一起去看。」

「咦——」

我不自覺地從口中發出不滿的聲音。面對兩人一起投來的視線，我慌忙摀住嘴。並不是因為討厭輕音社，畢竟我有幫輕音社做過影片，協助我拍攝PV的本間同學也是輕音社的一員。只是，我不太習慣輕音社辦活動時的那種氣氛。

被一群亢奮的人包圍，只有我保持理性，感覺就像被大家排除在外。

「松尾不喜歡很吵的地方？」

「不是不喜歡，應該算不適應吧。」

「坂上，不用對松尾說的話太認真。這傢伙從小就有一大堆不喜歡的東西，都配合他的話就什麼都不用做了。」

「你是在挑我毛病？」

「你不是在國小畢旅的時候因為不想去鬼屋而拖拖拉拉，浪費了一個小時嗎？」

「都多久之前的事了。」

的確，織田說得沒錯。但那是因為我不喜歡黑漆漆的地方和恐怖的東西，也不能用這個當理由，擅自下定論說我有一大堆不喜歡的東西啊。

「喔，原來松尾不喜歡鬼啊。明明看起來像會喜歡B級恐怖片的樣子。」

「啊，殭屍片就沒問題。」

「搞不懂你的標準。」坂上邊說邊皺起眉頭。「別講那個了，來想網路名稱吧！」織田強行加入我們的對話。

「網路名稱？」

「我們總不能用本名去混網路吧？雖然不露臉，但是曝光本名的風險太高……松尾，有可以寫字的東西嗎？」

「筆記本可以嗎？」

父親從職場帶回來的贈品筆記本意外地好用，所以我很愛用。我從筆盒拿出筆，在紙上隨意畫出一串圈圈。確認墨水沒問題之後，把被畫過的第一頁撕掉。每當要去做一件事情之前，我會以做好萬全準備為目標。

「隨便說看看吧，多個名稱中總有一個會中。」

雖然織田這麼說，但是網絡名稱並不是能簡單想出來的東西。照常態來說，想成為小說家就要想筆名、明信片職人[1]就要想聽眾讀者名。但很不巧，我們三個成員都不適用於以上那些常見例子。

「叫阿博怎樣？因為本名叫織田博也嘛。」

「自我介紹的時候要自稱阿博感覺很討厭耶，很像幼幼班小朋友。」

「那簡化成博吧。」

「這種名字絕對已經有人先用了。」

「要是計較有沒有重複的話會沒完沒了吧？」

「那你叫坂上明彥的話，不就是阿明？」

「聽起來不太適合我呢。我長得就不像會叫阿明的樣子。」

「我們又不會露臉，不用在乎那麼多吧。」

「不是，不管是你還是我，都會在乎這個吧。」

我在旁聽著坂上和織田的對話，把想到的名字寫到筆記本上。說到聽起來很酷的名字，撲克牌花色如何？紅心、方塊、梅花、黑桃。不對，這樣子搞不好會太淺薄了。那就換成國王、騎士、王牌、小丑……聽起來就很像間諜電影裡的代號。

「小丑未免太中二病了吧。」

織田從旁邊伸過頭來看筆記，我的臉變得很燙。如果羞恥會致死的話，在這一瞬間我大概已

1 專門寫很有梗的文字內容或畫插畫投稿到日本電臺或雜誌的人。

經往生了。

「比阿博好很多了，松尾很認真呢。」

我早知道自己在命名這方面沒什麼品味，坂上安慰我的溫柔反而傷到了我。我陷入沉默時，織田鼓勵般地拍了拍我的背。

「網路名稱的話，普通常見一點比較好吧？比如關東煮或炸竹筴魚。」

「為什麼都是吃的？」坂上邊說邊誇張地大笑起來。我則持續沉默。

在那之後雖然又提了幾個名字，但是感覺沒有半個適合的。這場拖拖拉拉、毫無成果的作戰會議，在織田的一句「今天就到此解散吧」畫下句點。

「掰啦，我今天和女朋友有約。」

看著丟下這句話之後瀟灑地騎上腳踏車離去的織田背影，肯定不只我有想痛毆他一頓。此時是晚上七點，外面早已一片漆黑。穿過公寓出入口的公共自動鎖大門之後，變成只有我和坂上兩人獨處，我們難掩尷尬地看向彼此。認真打量的話，會發現坂上的脖子很粗，寬厚的肩膀和飽經日曬的皮膚，都明顯顯示出他和我的人生經歷不同。

「啊……那個、坂上同學，我送你到車站吧。」

「可以嗎？那太好了，我不認識這裡的路。」

我是說句場面話，卻被坂上坦率地接受了。但明明打開手機就能馬上查到往車站怎麼走。

「啊、嗯。那麼、啊……要走這邊。」

「好。」

我邁開步伐後，坂上隨即和我並肩而行。雖然距離像朋友一樣，但是沒有織田在場我就不知道該聊什麼。朋友的朋友，只是個認識的人而已。

「啊……話說，松尾是哪個社團的？」

坂上彷彿受不了這種沉默，主動開啟話題。我搔一下臉頰，生硬地回答。

「我是回家社。不過國中有參加過廣播社。」

「是喔，廣播社是不是會在運動會之類的活動時廣播？」

「對，還會做很多事。就是因為這樣我才會開始做影片。」

「那你很強耶——這種算是創作類的興趣？我也很常看YouTube，但是不會想去做影片。話說，松尾平常會玩遊戲嗎？我也很常玩遊戲，像是《鬥陣特攻[2]》或《要塞英雄[3]》。」

「原來如此。我偶爾也會玩一下。」

「真假？那下次一起玩吧。咦，松尾平常都玩哪種遊戲？你家是哪一臺主機？籃球社的人會玩的遊戲幾乎都是魔物獵人[4]、大亂鬥那類。織田也是，他有在玩的其他遊戲，只有手遊類——」

2 原名Overwatch。由知名遊戲開發商暴雪娛樂製作與發行的第一人稱射擊遊戲。主要內容以玩家對戰為主。
3 原名Fortnite。是電子遊戲與軟體開發公司Epic Games製作的線上遊戲。
4 原名Monster Hunter。臺譯為魔物獵人。

坂上一談起遊戲就滔滔不絕。看到同班同學意外的一面，我產生了一些親近感。

「我只要是遊戲，不分種類都會去玩。市面上最新型的主機，我家基本上都有。不過最近可能比較常玩電腦遊戲，我很喜歡海外的模擬遊戲。」

「喔～比如說？」

「比如《文明帝國[5]》、《大都會：天際[6]》或《恆星戰役[7]》。」

「這些我都沒玩過。啊——但是我有想要玩看看HOI[8]。」

「《鋼鐵雄心》很有趣喔，根本是時間小偷。」

「松尾，你真的是什麼遊戲都有玩耶。」

「也不是什麼都玩，只會玩有興趣的遊戲。」

「喔——你哪來那麼多錢買遊戲啊？你有在打工？」

因為無法理解對方拋出的疑問，我下意識地停住腳步。在頭頂上錯綜複雜的電線之間，穿越天空的飛機閃爍著光芒。延伸至遠方的住宅區街道上，每一間房屋都精心打理庭院，家門前停著好幾臺高級汽車。然而，我從不覺得這幅光景有什麼不可思議之處。因為自我出生以來，這幅景象就是我的日常生活。

5　著名的回合制戰略電子遊戲。首作於一九九一年發行，目前已經公開了系列作第七代的消息。
6　原名 Cities: Skylines。芬蘭遊戲製作公司 Colossal Order 製作的城市建造遊戲。
7　原名 Stellaris。由瑞典電子遊戲發行商 Paradox Interactive 製作並發行的4X戰略遊戲。
8　原名 Hearts of Iron 的簡稱。是以二戰為背景的戰略遊戲。

「坂上同學有在打工嗎？」

「每個星期會在拉麵店排兩天班。因為只靠零用錢根本買不了遊戲和衣服。」

我家從小開始就會給零用錢。每個月給三萬圓，還會叮嚀現金不夠花就刷副卡。照我母親的說法就是「有時間去打工，不如用來讀書」。不過實際上我的閒暇時間都花費在打遊戲上了。

「拉麵店啊，感覺很累的樣子。」

「如果不參加社團就能排更多班了。其實我不想打籃球，隨時離開也沒差。」

「不想打卻加入了籃球社？」

「是因為我個子高，才被拉進去的。其實我運球技術爛到爆，有一次還把球砸到學長頭上，然後被罵爆。」

「啊……那一定很慘。」

我指的是那個被球砸到頭的學長。坂上被校服外套包覆住的手臂跟我的大腿一樣粗，砸出去的球速肯定很驚人。

「不知道能不能在 YouTube 爆紅啊，這樣就能辭掉打工了。」

「想靠 YouTube 得到收益很困難，能領到一元之前要跨越的牆壁太高了。想快速賺到一千圓的話，去打工絕對更有效率。」

「就是說啊，我也這樣覺得。」

坂上發出了彷彿從喉嚨深處響起的低笑聲，他似乎比織田更了解 YouTube 的運作方式。

YouTuber獲得收益的方式有很多種，主要是廣告收入、超級留言和頻道會員。廣告收入顧名思義，就是透過影片中播放的廣告所產生的收益。收益數字雖然和影片的觀看次數成正比，然而觀看次數沒有達到一定門檻的話，投稿者就無法獲得廣告收入。比如輕音社那支觀看次數兩位數的影片，產生的收益就是零。

超級留言是觀眾能在直播中直接付費給主播的一種機制。這類直播的特徵就和電視臺的現場表演節目一樣，是現場直播的。和經過剪輯的影片另有其魅力所在。

最後是頻道會員。用最簡單易懂的方式來說，就是類似粉絲俱樂部的制度。每個月繳納一定金額的會費，就能獲得會員專屬內容。

其他還有企業委託、舉辦活動等賺取收益的方式，但是只有知名YouTuber才能做到這種程度。以我們的程度開始想這一塊，根本是在畫餅充飢。

「話又說回來，織田為什麼會想要做YouTuber？」

「啊，坂上同學，這邊要右轉。」

我客氣地朝持續往前直走的坂上手腕拍了一下。坂上不僅沒動怒，甚至沒有表現出任何介意的模樣。

「松尾是怎麼想的？」

「咦？什麼？」

「織田啦，織田。他為什麼會想要做YouTuber？」

「織田從小就會這樣，想這件事也沒意義，應該只是因為想到就去做。」
「喔——那反過來說，松尾為什麼會做影片？」
「因為被輕音社的人拜託……」
「不是那個啦，是把做影片當興趣的部分。我想知道，你是在什麼樣的瞬間開始有為自己做影片的想法？因為我沒有過這種感覺。」
我想要回答卻無法張開嘴，因為回憶正彷彿渾濁激流一般湧入我的腦中。
那是一段帶著羞恥和痛楚，還混雜著些許酸甜感觸的回憶。時間是只在一年前，我國中三年級時交到了人生中第一位女性朋友。那個女生，就是櫻田同學。

櫻田同學在班級中屬於毫不起眼的存在，只和特定的女同學很要好，幾乎不和其他同學交談。就我的感覺來看她並不是內向怕生，而是極度排斥集體行動。厚重的齊瀏海在雙眼上方，襯衫釦子總是扣到領口最頂端。一身異常白皙的肌膚，是來自櫻田同學每天堅持不懈地防曬的成果。沒記錯的話，她無論上下學都會撐陽傘。
我們第一次對話的契機，起源自櫻田同學的一個失誤。那是在某天放學時，我在廣播社的活動結束之後回到教室，看見她課桌上放著一本攤開的筆記本。當時我不經意地，真的很不經意地走過去看了一下。只見有線筆記本的紙張上，以格外方正的文字寫下了詩句。

「請大聲呼喊愛吧」

在打磨得閃閃發光的天秤圓盤上　你的喜歡死於其中
努力與天分以及所有一切　都盛放於另一端的圓盤
天秤來來回回地擺盪　你卻裝作不知情的模樣
但其實是喜歡的吧　是想相信自己的吧

將不想讓未來變得白費當成藉口是很容易
將布滿傷痕的手腕藏起來試圖成為大人
朝夢想伸出手的心情不是稱為『愛』嗎
捨棄掉那貧乏的喜歡就是你所謂的愛嗎

請大聲呼喊愛吧
有什麼關係　隨便又怎樣
既然你說『喜歡』　就別奢望什麼皆大歡喜
有什麼關係　全部徒勞無功又怎樣
當你說出『喜歡』之時　就是故事開始的信號

看起來是未經洗練，頗為粗糙的詞語堆砌。但正因如此，才讓我覺得很好。當我想看更多詩句而動手翻頁時，傳來門被慌亂推開的吱嘎聲響。我吃驚地抬頭，看見的是抓著手帕跑進教室裡的櫻田同學。她使盡全力朝書桌奔來，動作粗暴地闔上筆記本。一連串動作僅發生在短短數秒之內。

櫻田同學看向看傻眼的我，大聲叫道。

「我、我要去死！」

「咦咦？」

到底為什麼會有這種結論？在我思考的時候，櫻田同學的臉逐漸染成紅色。從她變得凌亂的瀏海間，能窺見平時難得一見的雙眉。

「呃……很棒的詩呢。」

我先誠實地說出感想後，櫻田同學氣勢洶洶地抓住我的肩膀。來自她雙手的力道使我感到心跳加速，不過並非戀愛感情，而是因為恐懼導致的心跳加速。憤怒的女同學，真的非常可怕。

「為什麼趁別人去洗手間時，偷偷摸摸地擅自翻看？」

「不，我不是擅自翻看，是剛好看到……」

「啊——好想死。太丟臉了。結束了，我的人生終結了……」

「為什麼？啊、難道說，這首詩是櫻田同學寫的？」

「再講下去就殺了你。」

我被瞪視著，拚命連連點頭。雖然不清楚櫻田同學為什麼如此方寸大亂，但她似乎就是這首詩的作者沒錯。

櫻田同學放開我，以理所當然的態度坐回位置上，把筆記本收進抽屜後，挺直背脊——然後突然將額頭貼上桌面，還用雙手將頭牢牢地護住。這是最強的防禦姿勢。

「……嗚……」

「咦？」

雖然知道她在對我說話，但是聲音小到聽不清楚。當我將手放在耳朵旁，湊過去仔細聽的時候，櫻田同學陡然抬起頭來。

「所以我是在問，寫得怎麼樣！」

說什麼所以不所以的，我根本就沒聽清楚啊。感覺到額頭開始冒出汗珠，但我還是慎重地挑選用詞。

「我覺得很好喔。妳寫得非常好。」

「客氣話？」

「不，是真心話。」

我說的是真心話。因為對我而言所謂的詩，是會出現在課本或感覺很難懂的書裡的遙遠存在。所以身邊有人會寫詩的這件事本身讓我感到非常驚訝，覺得很厲害。

聽到我的回答後，櫻田同學邊發出「嗚啊——」的聲音邊激動地將瀏海撥亂，然後轉向不由自主後退一步的我，呻吟般地說。

「那個不是詩，是歌詞啦。」

「是、是喔。」

「姑且也有曲子。雖然只有開頭。」

「喔、喔。」

「你想聽對不對？」

「啊，是的。」

雖然她的態度充滿壓迫感，但我隱約察覺到那是出自緊張的反應。我拉開她前面座位的椅子，面對她坐下。櫻田同學摩娑著自己的喉嚨，發出「啊、啊——」的短促聲音。總覺得她看起來像自暴自棄了一樣。

「那麼，我要開始了。」

「請開始。」

當我們看著彼此時，我也感受到她的緊張。將冒汗的掌心按在外套上。

「請大聲呼喊愛吧

有什麼關係　隨便又怎樣

既然你說『喜歡』　就別奢望什麼皆大歡喜……」

比平時更有力道的歌聲，悠然而平穩的女低音在教室中迴盪。從雙唇中編織出來的這個聲音，確實是首歌曲，名為音樂的存在。是能刺激到本能，宛如色彩迸發四散般的生動音調。不僅優美，還帶有縈繞著陰鬱感的強烈色彩。

從胸口深處泉湧而出的，是純粹的感動。先不論身為同班同學的影響力，她的歌聲擁有力量。某人創作出嶄新的作品的瞬間，肯定有著奇蹟般的力量。

我也好想創作些什麼。我也想展現出什麼，像妳一樣！這股強烈的衝動，就這麼朝我轟然衝來。

回過神時我已經站起身來，朝櫻田同學走去。

「我很喜歡櫻田同學的歌聲。」

「啊，是嗎？」

櫻田同學依舊別過頭，再度伸手撥亂瀏海。

「我想幫櫻田同學的歌曲配上影片。」

「隨你高興吧。」她用呻吟般的聲音答道。當我察覺到她那個撥頭髮的動作，是用來掩飾害羞的習慣性動作時，已經是發生這件事的幾個月之後了。

在那之後，我開始正式學習影片剪輯。在那之前我只在社團有需要時邊從教材挑出必要的知識邊做剪輯，如今卻想認真學會剪輯技術。看電視時會把重點放在節目剪輯上，也開始注意特效字幕的呈現方式。國中畢業時，我的剪輯技術已經達到獲得眾人認可的程度，還擔任過畢業舞會開場影片的後期製作。

和櫻田同學之間，從畢業典禮之後就不曾交談過。她考進了其他高中，不像以前那樣偶爾能在學校見面。

我們知道彼此的連絡方式。然而我不曾收到來自她的訊息，這表明了我們如今的關係。

我沒有主動連絡她的勇氣，因為最後一次吵架時，她的表情始終在我腦中揮之不去。

「我開始認真想做影片的契機，是因為某個人……應該說，我也想要某種能讓自己有自信的事物，想和那個人並肩而行。開始學剪輯之後覺得很快樂，所以就這樣持續到現在了。」

結果我對坂上做出的說明只是汲取自回憶表層、十分抽象的部分而已。「真厲害——」坂上說道。我低下頭去，視線中出現坂上穿著的大紅色球鞋，牌子是愛迪達。

「我真的很尊敬像你這樣為自己想做的事付出努力的人。」

「不是，我只是個外行人。剪輯技術也還有待加強。」

「有待加強的意思，就是想要繼續更上一層樓對吧？果然很厲害。」

坂上說著，拍了我的背一下。這對我瘦弱的身軀是過於強大的衝擊。但因為不想喊痛，所以我忍住了嗆咳的動作。

「看到織田要介紹的朋友是松尾的時候，我真的嚇了一跳，不過今天一起聊過之後就懂了。你是個不錯的傢伙。」

「別這樣說，我才誤會坂上同學了。」

「你對我有什麼誤會啊？」

「嗯……就覺得你像『看起來很凶的人多半是同一掛的[9]』那種人。」

聽見我小心翼翼地說出來的感想，坂上大聲笑了出來。

「如果我是那種人，織田絕對不會介紹我和松尾認識。」

「是這樣嗎？」

「織田他很聰明。呃，雖然成績不好，但是有點——機靈？他有個很厲害的本事，就是知道該怎樣讓自己想做的事情順利進行。所以那傢伙說想做YouTube，讓我們碰面的時候，大概就知道我們很合得來吧。」

「我們合得來嗎？」

我指著自己的鼻子問。坂上聞言愕然地瞪圓眼睛，嘴巴豪邁地張大，然後又發出笑聲。

「算啊，我們超合得來！剛才不是聊遊戲聊得很嗨嗎？」

「是聊得很嗨沒錯，但是我很擔心會不會只有我講得很高興。」

「松尾，你總是會想這些麻煩的問題嗎？我們是朋友，不用那麼緊張啦。稱呼也是，叫我坂上就好，不用加同學。」

我居然會有直呼坂上姓氏的一天，這是想都不曾想過的狀況。至於我其實在心裡一直抱怨的事實，就帶進墳墓裡吧。

我用手背貼上泛紅的臉頰。盯著我看的坂上明顯在等我改口喊他。

9 日本搖滾樂團 Dragon Ash 所作的歌曲「Greatful days」的歌詞。

「那、那麼，坂上。」

「嗯！」

坂上露齒而笑的模樣太過眩目，我不由得閉上雙眼。從他口中說出的「朋友」一詞，對我而言有點過於隨意。

輕音社的現場演出日期是在下週的星期四。因為音樂教室是管樂社的社辦，輕音社的社團活動是在作為他們社辦的練習室進行。雖然因為對社員五十人的輕音社而言過於窄小而不滿抗議過，但校內沒有多餘的空教室，所以也沒機會更換。

在僅用三張課桌橫向拼湊出的售票處，同班的本間同學在請觀眾寫下姓名。輕音社現場演出的舉辦頻率是每個月一次，但似乎不是每次演出全部樂團都會上臺。

我讓織田和坂上在走廊盡頭等待，獨自一人去進行入場登記。

「歡迎光臨，松尾同學，你來看表演啊。」

「嗯，我有點興趣。啊，入場人數是三個人。」

「是三位男同學對吧。今天除了來賓以外都是一年級的樂團，是來看哪個樂團的表演嗎？」

本間同學遞過來的調查表上，列出樂團的名字。似乎是藉此調查各個樂團的吸客力。

□ Hirudake

□ black sunder

□肚臍橙
□超酷的襯衫店
□BADSINGS
□**來賓——健康法師**

從右邊開始似乎是Yorushika[10]、back number[11]、愛繆[12]、超狂的T-shirt店[13]、RADWIMPS[14]等的翻唱團。從名字就可以感受到學生式的大喜利[15]風格。

雖然本間同學沒有解釋，但最後一個來賓的名稱，是在致敬米津玄師嗎？

「今天只是來看看。」

「那就選第七項『來湊熱鬧的』。」

我聽從本間同學的指示，在第七項的方框內打勾。今天表演的樂團都是剛組成不久，在人氣度方面似乎都差不多。今天的觀眾似乎以來為朋友加油的一年級生、來看新樂團的輕音社粉絲，以及來賓健康法師的粉絲為主。據說健康法師雖然是社內的二年級成員，但因為社長擔心觀眾會太少，所以將他強行加入今天這場表演中。

10 日本搖滾樂團。成員為作曲家n-buna與歌手suis，以《心上破了洞》（心に穴が空いた）於日本環球音樂主流出道。
11 日本強力三重奏搖滾樂團。強力三重奏的特色是只以電吉他、電貝斯和爵士鼓所組成。
12 日本創作歌手。外號是「中毒性歌姬」，二〇一九年時發行第五張單曲《金盞花》（マリーゴールド）並成為日本史上首位達到串流破億的歌手。
13 日本搖滾樂團。團名取自成員KOYAMA的大學學長說出的「我下次要去超狂的T恤店」這句話。
14 日本搖滾樂團。擔任過《你的名字》、《天氣之子》的電影原聲配樂和主題曲製作。
15 日本綜藝節目《笑點》的搞笑問答環節。

「話說回來，織田同學、坂上同學和松尾同學的組合真是稀奇呢。」

「就有很多原因啦。」

「那兩個人和松尾同學站在一起，好像看門犬喔。」

本間同學以手遮著嘴，發出輕笑聲。竟然將那個長相恐怖的坂上比喻成看門犬，本間同學將來或許很有前途。

「那請好好欣賞表演。」

我們在本間同學的目送下，踏進練習室。此時室內已經是一片昏暗，我將注意力全部集中在避免不小心踩到別人。坂上和織田則是習以為常，很快就占據了邊緣的位置。

「松尾，你要不要站我們前面？站後面會看不到吧？」

「因為你很矮啊。」

被織田和坂上如此一說，我不情願地站到他們前面。話先說在前，並不是我身高太矮，而是那兩人太高了。

「話說，本間同學還滿可愛的嘛。」坂上說道。「沒我女朋友可愛就是了。」織田莫名比較起來。這傢伙就是個不會放過任何秀恩愛機會的男人。

「但是本間同學好像有男朋友。雖然不知道是誰。」

我指的是本間同學在PV影片中呼喊愛的對象。坂上大大地嘆一口氣。

「唉～我也想交女朋友。」

「坂上沒有戀人嗎？」

「沒啊，松尾也是處男吧？」

「處、處……」

織田按住因為不習慣這類話題，陷入驚慌中的我的手臂，做了個從胸前口袋取出東西的動作。

「好了，黃牌警告。本經紀公司禁止性騷擾。」

「不是，這是普通聊天吧。」

「性騷的人哪一次不是這樣說～你們男生真討厭！」

「你怎麼變成女生那邊了？」

坂上拍著織田的肩膀，然後一起大笑起來。有時候真搞不懂他們的笑點在哪裡。

「松尾，如果坂上對你說了奇怪的話，你可以跟他生氣喔。」

我聽完織田的話以後，聳了聳肩。織田該不會把我當成弟弟了吧？坂上開玩笑地說了一句「過度保護」。害我嚇一跳，差點以為被坂上看透了內心。

不久之後，輕音社表演開始了。今天參與的樂團各有二十分鐘的表演時間。在這些樂團之中，有看起來已經很習慣登臺演出的學生、也有在談話環節裡連續卡住六次的學生，表演品質有明顯的落差。震耳欲聾的嘶吼被擴大機放大，擊打鼓面的震動直接撼動皮膚。

來看輕音社的表演，讓人不由得思考嘈雜與痛快之間的界線在哪裡。有音量大到讓人想堵住耳朵的時刻，也有想讓身體跟隨激烈節奏搖擺的時刻。具有這般魅力的音樂，和不具有這般魅力的音樂，有什麼差別呢？

握著麥克風的女學生，如吶喊般放聲高歌。周遭觀眾都發出歡呼，但我沒辦法毫無顧忌地出聲讚美。因為櫻田同學的歌聲在我的腦中一閃而過。

「接下來，讓我們歡迎特別來賓，健康法師！」

在社長的談話環節來到尾聲時登場的，是一位風格明顯和登場的所有樂團都很不一樣的男生。首先，他是獨自一人。身材瘦削修長，黑髮雜亂地在腦後綁成一束。罩在白襯衫外面的不是制服外套，而是黑色和服，肩上掛著一把電吉他。明明是風格各異的穿搭，卻奇妙地很協調。可能是因為他長相端正的緣故吧。

站在入口附近的女同學們發出「呀——」的尖叫歡呼。本間同學也是其中之一。

「就是那傢伙。」

坂上用手肘輕輕撞了我一下，開口說。

「那傢伙就是我說的那個很強的人。」

確實從各方面來看都是個強者。我轉過頭，看見織田一臉嚴肅地盯著舞臺。看見他認真的眼神，我默默地轉回去看著前方。

健康法師握住麥克風，簡短地說了句「呃，大家好」。聲音低沉得令人驚訝。是適合用成熟男性來形容的、令人傾倒的美聲。

「那麼，我開始唱了。」

他如此說完，彈動電吉他的琴弦。我興奮地想著有什麼要開始時，分明沒有人坐在鼓架前，卻聽見有節奏的打鼓聲。

「喔喔，好多人一起來啦。來來來請往這邊走，進來圍坐成一圈吧，今日偶得閒暇，還不講點幹話來娛樂一下嗎？那就點個生魚片之類的下酒菜，來喝一杯吧。我說你啊，這不是有錢人才會說的話嗎？算啦，先來一杯粗茶……粗茶？哎呀哎呀。你在唉聲嘆氣什麼啦，這不是挺好的嗎？大家都到齊了嗎？阿留那混帳又沒來？真拿那傢伙沒辦法，說到那傢伙啊，真是個慢吞吞的人。」

配合快節奏的曲子唱出的，是滔滔不絕的內容。臺下的一年級生都不曉得到底發生了什麼事，目瞪口呆。這大概不是歌，也和饒舌不一樣，我不太清楚的某種類型。雖然搞不懂是什麼，但很有趣。或許是因為語句的節奏聽起來很順耳的關係吧。

健康法師的敘述越來越激烈，甚至連吉他都不彈了。但伴奏仍然持續演奏著。看來他彈的是空氣吉他[16]。

「真的不會笑我嗎？那我就說啦，其實，我怕的東西是……饅頭啦！」

我聽到這裡，才終於恍然大悟。他是在表演落語，說的是一個很有名的「饅頭好可怕[17]」的段落。

16 指表演者並不是真正彈奏吉他，只是配合背景音樂的節拍做出像是在彈奏的動作。

17 日本著名的落語故事。一群年輕人聚在一起討論彼此害怕的東西，其中一人說「饅頭好可怕」。於是其他人趁他睡覺時買了一大堆饅頭丟進他房間，卻被他吃光了，其他人很生氣的質問他，他說「現在我怕的是茶了」。

知道故事的發展之後，後面快嘴的部分也聽得懂了。歌曲也隨著故事進行越來越快。可以看出他握著麥克風的手變得更用力。隨著伴奏進入高潮，他的故事也進入尾聲，說出最後一句。

「嘿嘿嘿，還有啊，清茶也很可怕啦。」

伴奏終止的瞬間，他的脣角微微揚起笑。觀眾區再度響起女性的尖叫聲。雖然搞不懂但有夠厲害。這就是我當下最直接的感想。

最後健康法師表演的，只有那一首而已。

參與樂團都表演完之後，今天的現場演出就到此結束了。在社長說著「謝謝大家！」的致詞聲中，觀眾紛紛鼓掌回應。我的肩膀被人拍一下，轉過頭就看到織田豎起了大拇指。

「我要去邀那傢伙加入。」

果然如此啊，我苦笑一下。因為剛才那個男人的形象，完全符合織田想找的突發奇想型。

「那我去找他談談。」

織田當機立斷，迅速採取行動，將我和坂上留在練習室，獨自一人去了休息室。

「果然相中了啊──」坂上用事不關己的表情說著。

「不跟著一起去沒關係嗎？」

「沒關係吧，他很擅長談事情。」

「剛才那個人，會答應加入我們嗎？」

「嗯，機率應該一半一半吧？他看起來像是不會跟人合作的類型。」

就在我們聊到這裡時，織田垂頭喪氣地回到練習室。即使他不開口也知道結果是什麼。

「被拒絕了吧。」

聽到我的話，織田邊說「太可惜了」邊嘆一口氣。

「那麼，再找下一個候補人選？」

「不，我就要那傢伙。」

「出現了，織田的頑固部分。」

坂上按住太陽穴。

「那織田覺得成功率大概是多少？」

「從目前反應看起來有百分之十五。」

「你這數字一定有灌水。」

當「啊哈哈」的乾笑聲自然消失後，我們三人抱頭苦思。彼此認識的朋友一起當YouTuber難度本來就很高了。更別提是收到沒見過面的學弟邀請，根本就不可能答應。

「三位同學，今天的表演怎麼樣？」

或許是看不下去同班同學在練室角落抱頭呻吟的模樣，本間同學朝我們走來。隨著「來，請收下」的招呼聲遞過來的，是下一場輕音社表演的宣傳單。

「松尾同學最喜歡哪一組呢？」

絲。

「還是最後登場也最有衝擊力的那位健康法師吧。」

「真的？那太好了。」

本間同學聽見我的回答之後，雙眼一亮。因為她先前也有歡呼，所以她或許是健康法師的粉絲。

「學長說他想和松尾同學見面。當面對他說你的感想吧。」

「咦？為什麼想見松尾？」織田插入我們的對話中。

「這是祕密。松尾同學，我帶你去找學長，你可以跟我來嗎？」

雖然突如其來的展開讓我覺得很困惑，但還是點頭答應。畢竟我是受到女同學請求就無法拒絕的個性。

「那麼，坂上同學、織田同學，松尾同學先借我一下喔。」

目送我的織田，嘴唇無聲地開開闔闔。似乎是在說「加・油・靠・你・了」。然而我想說拜託不要擅自期待我，我的溝通交流能力可是連織田的一半都不到。

本間同學帶我去的地方，是織田剛才造訪過的休息室。在一群剛結束舞臺表演正嬉笑打鬧的一年級生之中，健康法師獨自一人盤腿坐在折疊椅上睡著了。本間同學毫不客氣地拍了拍他還披著和服的肩膀。

「夏目學長，醒醒。」

原來這個人的姓氏是夏目嗎？不對，雖然知道健康法師不是他的本名，但不知為何，聽到他姓氏這麼普通有點不習慣。中分的黑髮順著優美的臉部輪廓垂下，鼻梁挺直、冰冷的雙眼，屬於近看會感到震撼的那種俊美。不愧是能駕馭制服襯衫加和服這種奇特穿搭的人。好看的人穿什麼都很好看。

「啊～已經到撤場時間了？」

夏目邊揉眼睛邊呢喃的聲音依舊十分低沉。就連沙啞的聲音都很帥。

「不是那個，這位是松尾同學。之前說過要介紹你們認識。」

夏目聽到本間同學的介紹後，雙眼瞬間睜大，邊說「是你啊～」邊猛然站起，使我往後退了一步。

「啊，你、你好。」

「原來你來看輕音社的演出了，太感謝了～」

「啊，不，別這麼說。我是隨便看看而已。」

「松尾同學剛才說，健康法師的表演是最好的喔。」

我不小心脫口而出，本間同學迅速幫忙把話題帶開。夏目揚起嘴角說：「好害羞喔～」話雖如此，他卻完全沒有任何害羞的表現。

這樣閒聊下去沒辦法帶入正題。我將雙手放在腹部前交握，用力絞緊手指。

「那個、夏目學長，我有一件事想拜託您。」

「拜託我什麼事？」

「就是……您願不願意和我們一起當YouTuber呢？」

「好啊～」

「雖然說是YouTuber，不過我們做的是遊戲實況類，可能和學長想像的不一樣——咦？您剛才說什麼？」

「我說好啊。」

因為對方答得太輕鬆隨意，我沒有聽清楚。夏目朝吃驚地瞪大眼睛的我，露出輕鬆的微笑。

「可是，剛才織田來拜託的時候被拒絕了……」

「啊～織田是剛才過來找我，長得很高的男生？我不喜歡長得比我高的人。」

不會吧，居然是因為這種理由。夏目看到我啞口無言，用輕飄飄的聲調說「開玩笑，開玩笑啦」。

「其實是我不喜歡團隊合作這類麻煩的事，不過既然是松尾同學的請求，就沒辦法了～」

「真、真的嗎？但為什麼呢？我和夏目學長應該沒有任何交集。」

「並不是這樣，我們有很深的交集喔。啊，還沒自我介紹。我是夏目拓光。因為就讀二年級，所以是你的學長。」

「啊，我叫松尾直樹。那個，是一年級。是回家社，目前沒有加入任何社團。」

「我知道我知道，松尾同學。之前幫我們社團做過影片對不對？」

該不會，他是因為我幫輕音社做過影片才答應的嗎？俗話說「好心會有好報」或許是真的。就在我深受感動並領悟到助人的重要性時，夏目學長像看透了我的心一般，乾脆地否認：「不，那件事不是重點——」

「多虧了你，我和佳代才沒分手。我們之前吵了一架，但是在看完那段影片之後就和好了～」

「我和佳代？」

佳代，指的是本間佳代同學嗎？我看向站在夏目身旁的同班同學，看見她害羞地摀住臉頰。

小拓……吵架……本間同學的男朋友……夏目拓光……資訊片段拼湊起來了，我再也無法隱瞞內心的震撼，輪流指著他們。

「難道說，兩位正在交往？」

「嘿嘿，就是這樣。」

回答的是本間同學。「但是在社團活動時我們沒有特別表現出來。」她在說這段話時害羞低頭的模樣，我曾經透過鏡頭見過。

夏目將手放在我的肩膀上，以觀察我面孔般的姿勢俯視著我。他的身高比織田矮一些，大概是一百七十五公分吧。手和坂上不一樣，瘦長而優美。

他微微瞇起雙眼，露出一抹在輕浮與慵懶之中揉雜些許性感的笑容。

「松尾同學，你很有才能呢。」

「不不，我沒有。」

「我看到那段影片的時候覺得很厲害。佳代超級可愛～」

聽到男朋友這麼直接的稱讚，本間同學的臉變得非常紅。打情罵俏請在兩人獨處的時候再做吧，我如此暗自想著。

對戀人的愛意，請說給當事人聽吧。

第二章

『四個現任男高中生聚在一起打遊戲！【瑪利歐賽車】』

觀看次數：0次．2019/05/27

這是我們的第一支遊戲實況影片。大家覺得有趣的話，請務必訂閱我們的頻道！

「總之，我是夏目拓光，請多指教～」

來自四面八方的大量目光聚集在佇立於車站前，朝我們揮手的夏目身上。原因則是出在他那一身和服便裝的打扮。帥哥穿和服當然很引人注目，尤其是他頂著一頭隨風搖曳的及肩黑髮。

「哇喔～真的是他。」坂上簡短地自語。今天是五月十八日，天氣是萬里無雲的大晴天。我們四人的初次聚會，就訂在這個非常適合出遊的日子。在離我家最近的車站集合之後，四人一起朝我家走去。織田和夏目很自然地走在前方，我和坂上則是跟在他們之後。

「真是沒想到夏目學長真的會答應我們。」

織田用介於隨興和尊敬之間的語氣對夏目說著。他對籃球社的學長該不會也是用這種態度吧？

「感覺滿有意思的，而且是松尾同學的請求。」

「可是我去拜託的時候馬上被拒絕了耶。」

「啊哈哈，因為你長得比我高啊。」

「咦，真的是因為這個理由才拒絕我嗎？」

「玩笑話就不多說了，織田和坂上都長得很高呢。我跟你們一比都不像學長了。兩位都是籃球社的？是一軍嗎？」

「如果是一軍的話，就不會出現在這裡了。」

「我想也是～我們學校籃球社的二軍還滿悠閒的吧？」

「是啊，但還是有一些以一軍為目標的傢伙在拚命練習，我和坂上就沒這麼認真，只是順勢加入而已。」

「我的情況也跟你們差不多～平常練習都是去KTV，幾乎不會去社辦。」

「可是學長表演的那個超厲害的，像念咒文一樣。」

「那不是咒文，是落語喔。因為喜歡吉他和落語，就把這兩項融合起來。」

「我沒聽過落語表演。」

「這真是太可惜了～YouTube也有落語的影片，去聽看看吧～」

我對能和學長和樂融融地聊天的織田肅然起敬。織田從小就是這樣，懂得迅速和別人建立交情。

我摩娑著七分袖襯衫的袖子，抬頭看坂上。

「聽說夏目學長是本間同學的男朋友。」

「那他就是傳聞的那個男朋友？唉～認識的人有女朋友，真討厭。」

「坂上很受歡迎吧？」

「啊？你是在損我嗎？」

坂上舉起拳頭，我不由得渾身僵硬。看見坂上笑著說：「不不不，我開玩笑的。」才領悟到假裝要揍人是他慣用的交流方式。

我隔著襯衫按住嚇得怦怦直跳的心臟。嚇死我了，還以為惹他生氣了。

「一不小心就用到籃球社的開玩笑模式了。要是對松尾揮拳頭，又會被織田發經紀公司警告啊。」

「你和織田他們都是這樣相處嗎？」

「對啊對啊，只要我擺出揮拳頭的架勢，不知道為什麼會有其他傢伙來踹我的屁股。」

「好猛的開玩笑模式。」

「因為我朋友都是笨蛋嘛，個性全都很粗魯，不像松尾這麼纖細。」

「我也不算纖細敏感啦。」

不過，以坂上和織田的角度來看，說不定我就是很纖細的樣子吧？我用右手的大拇指和食指抓住自己的手腕，很瘦弱。和走在旁邊的坂上相比，就像大人和小孩一樣。

「要怎麼做才能長得像坂上一樣高大呢？」

「你是說身高？松尾還是矮一點比較好吧，你不就是這種人設嗎？」

「才不是，我只是跟織田和坂上比起來顯得很矮，一百六十五公分只比平均身高低一點而已。」

「有什麼關係，別在意身高。聽說最近可愛系比較受女生歡迎。」

「咦，我會受歡迎嗎？」

「啊，這……嗯——應該吧，喜歡可愛型的人應該會喜歡像你這樣的。」

「我反而被你的安慰傷害到了。」

我摸摸脖子，感覺到自己微微浮起的喉結，再轉頭看向坂上飽經日曬的脖子。他的喉結比我更加突出。

如果沒有像這樣成為朋友，或許一輩子都不可能近距離觀察到坂上的身體構造吧。

「幹嘛？」坂上一臉不解。「沒什麼。」我慌張地一語帶過。

我打開公寓出入口的自動鎖，帶三人到我家。父親今天也因為工作的緣故不在家裡，吵鬧也不會被責備。我打開通往玄關的門，將手放在自己房間的門把上。

「絕不打開的房間終於可以進去了？」坂上打趣似地說道。

「因為知道大家今天會來我家，所以我早上有打掃過房間。」

「謝謝你用心準備～我很期待能參觀松尾同學的房間。」

站在笑容滿面的夏目旁邊，織田將頭微微一歪。

「那些不能被別人看到的東西都藏好了嗎？」

「沒有那種東西好嗎。」

極度隱私的資訊，一開始就存在智慧型手機或電腦裡了。我轉動門把，打開房間的門。每天都會用的床鋪已經整理鋪平，今天早上還吸過灰塵。是一間無論誰進來都不會感到丟臉的房間……大概吧。

「太讚了吧！」

踏入房間之後，最先產生反應的是坂上。他雙眼緊緊盯著排在一整面牆上的巨大展示櫃。密密麻麻放在櫃子上的，則是歷代遊戲機與遊戲軟體。

超級任天堂、PC Engine、Mega Drive、SEGA Saturn、PlayStation、Virtual Boy、任天堂64、Dreamcast，初代PS和PS2、3、4，任天堂GameCube、Xbox、Wii、Wii U、Switch……

從古早機型到最新機型，都是我透過二手店家和網拍逐一蒐集的收藏品。每一臺都保存良好，都可以玩。雖然偶爾會出現錯誤，不過這就是趣味所在。

「哇啊，超懷念的！《寶可夢X》、《紙箱戰機》、《魔物獵人3rd》、《勇者鬥惡龍怪獸系列》……都是我國小時玩過的遊戲。」

坂上舉出的遊戲名稱，都是出在PSP、任天堂3DS之類的掌上遊戲機遊戲。在我們剛出生不久後上市的任天堂DS，引起社會性的轟動。因為腦力訓練類的益智遊戲大受歡迎的關係，連平時不玩電動遊戲的族群都紛紛加入買DS遊玩的行列。3DS則是廣受歡迎的DS後續機種，在我們八歲時上市。我一開始是衝著這臺的3D效果而買，但看不了多久就覺得眼睛很累，所以總是關掉3D功能。

「真的很懷念耶。我也很常玩這個～」

夏目邊說邊拿起來的，是任天堂64的遊戲軟體《任天堂明星大亂鬥》和《黃金眼007》。兩款都是經典名作等級。然而任天堂64是一九九六年上市發售的機種，是我們出生之前，所以已經是超越懷念等級的存在了。

「夏木學長家是64派嗎？」

「是叔叔送給我們的，以前都和哥哥玩同一個遊戲，所以我只玩過超任和64的遊戲。比如《超魔界村》，我和哥哥以前玩得很瘋。」

魔界村系列是以高難度聞名的動作類遊戲。幾乎是在走幾步就死、走幾步就死，玩家只能不斷多方測試，努力不懈地前進破關。也就是所謂的自虐型遊戲。

「好意外，原來夏目學長喜歡這種類型的遊戲？」

「也不是因為喜歡啦，是因為家裡只有這個可以玩，所以破關變成一種執念的感覺。話說回來，最近新出的遊戲超厲害，這個《底特律：變人》做得就像電影一樣。」

「因為是PS4的遊戲，畫質應該比其他遊戲高很多。啊，學長要玩看看嗎？」

「但是我家沒有PS4～」

「我家有兩臺，借學長一臺吧。如果學長有其他想玩的遊戲也可以借你。」

「那麼，我想玩松尾同學推薦的遊戲～我想了解你的喜好。」

雖然明白夏目是無心之言，但我面對如此直率的話，臉紅了起來。他的聲音彷彿含有魔力，使我陷入坐立不安的狀態中。

「這一臺是電競桌機嗎？」

聽見織田的詢問聲，我連忙帶著「得救了」的心情轉身走向他。他伸手指向的，是我的電腦桌。

「這臺電腦為什麼有兩臺螢幕？」

「因為需要用到雙螢幕模式。剪影片的時候，分成兩個畫面會更方便。這個是錄音用的麥克風。還有將遊戲實況畫面轉錄至電腦的影像擷取盒。器材都準備好了，想立刻開始錄遊戲實況也沒問題。」

「該不會是為了做實況特地買的吧？」

「只買了影像擷取盒而已。我和朋友打遊戲的時候本來就會用到麥克風，實況用的遊戲家裡都有，支出方面沒什麼特別需要擔心的部分。」

「我也分攤一部分影像擷取盒的錢吧，價格是多少？」

我急忙阻止要取出錢包的織田。

「沒關係，不用啦。我原本就打算要自用，所以不用在意錢的事。」

「支出方面的事，不要隨便帶去比較好吧。你還把房間借我們用。」

聽見織田一直碎碎念，我忍不住噴笑出聲。明明國小的時候還會隨心所欲地在我家用主機玩遊戲。

「織田你也長大了呢。」

「什麼意思？」

「我是說你已經是個大人了。」

我朝織田笑著說完之後，織田突然把臉轉開，掩飾害羞。我在位於房間中央的矮桌四周放上四個坐墊。

「夏目學長也一起的話就玩64的遊戲吧。你們先坐一下，我去安裝主機。」

「真的要玩64？至少改成GameCube吧？」

坂上發出喝倒采的聲音，被我完美地無視。比起坂上，該優先考慮的是更年長的夏目。我將紅白黃三色的線路接上電視，切換到遊戲主機的畫面。將專用搖桿一一分給他們之後，織田十分稀罕地撥了一下類比搖桿。

1P是織田，2P是坂上，3P是夏目，4P則是我。根據坐的位置很自然地完成分配。將大亂鬥的遊戲卡帶插上主機並打開開關之後，螢幕上出現粗糙的角狀圖像畫面。在看起來像是某人房間的景象中，一隻白手降下，從箱子裡拎出瑪利歐。這是大亂鬥的片頭畫面。

「哇啊，就是這個畫面！」

激動起來的只有夏目，織田和坂上則是一臉沒什麼感覺的表情，隨意說著「圖看起來好多角喔」、「皮卡丘也太胖了？」之類的話。因為他們玩的第一個大亂鬥系列是出在Wii平臺上的《任天堂明星大亂鬥X》，所以根本沒看過64的版本吧。

明星大亂鬥系列是任天堂引以為豪的知名大作，是任天堂在《快打旋風》那一類對戰型格鬥遊戲風靡大街小巷的時代，所推出的對戰型動作遊戲。格鬥遊戲的玩法通常是輸入特定組合鍵來使出技能，但大亂鬥的操作方式非常簡單。最大的特徵是不斷累積擊飛率，擊飛率越高就越容易將敵人轟飛到場外。一直到系列最新作，都維持著只要對方無法回到場上就算輸的戰鬥制度。

「要錄實況了嗎？」

織田如此問道，我搖搖頭。

「剛開始不適合錄實況，今天先把目標放在加深我們的友誼上吧。」

在我和織田說話的同時，坂上則是問夏目：「學長想選擇哪個鬥士？」

「可能會選奈斯[18]或耀西[19]。坂上呢？」

「我應該會選加儂多夫[20]或皮克敏[21]。也喜歡機器人[22]，它滿強的。」

「咦，這些是什麼角色？64版沒有耶。」

18 任天堂推出的地球冒險系列遊戲第二部中的主角。
19 瑪利歐的坐騎兼好夥伴。
20 任天堂經典名作薩爾達傳說系列中的主要反派。
21 任天堂推出的即時戰略遊戲皮克敏系列中的架空植物外形動物。
22 指任天堂紅白機的周邊，正式名稱是Family Computer Robot，簡稱機器人，經常在任天堂遊戲中擔任客串角色。

夏目歪頭問道。坐在他隔壁的織田則是自行搶答：「我用瓦利歐[23]或馬爾斯[24]。」我連忙對混亂的夏目補充說明。

「大亂鬥在64推出的時候只有十二位鬥士可以選，之後發行GameCube版時增加到二十五位，Wii版是三十五位，然後Wii U版一口氣增加到五十八位。目前最新推出的Switch版有超過八十位的鬥士。」

「這是真的嗎？我現在完全是浦島太郎狀態[25]。」

「總之現在要玩的是64版，沒玩過這一版的織田和坂上反倒更難發揮。因為和之後的版本有很多不同之處。」

選擇對戰模式和規則之後，我們各自挑選想操作的鬥士，決定好戰鬥場地後開始遊戲。

起初織田和坂上還不熟悉64的手把操作方式，不過多打幾場就逐漸熟練了。

「啊？耀西也太強，剛才那招是怎樣？超犯規！」

「路易吉和瑪利歐有什麼差別？」

「咚奇剛！你放手啦！」

「薩姆斯不要在那邊蓄力，快閃開！」

23 瑪利歐系列中的反派，舊譯為壞利歐。

24 任天堂發行的日式SRPG開山作《聖火降魔錄》系列首作男主角。

25 日本民間故事《浦島太郎》的主角，被想報恩的海龜帶去海中龍宮住了幾天，離開龍宮回到人間時，才發現人間的時間已經過去幾百年。

「剛才那是手殘，再打一場。」

「阻止回場成功～坂上超遜的。」

「夏目學長，這招會不會太黑了？」

「哇啊，坂上你破綻有夠多。」

「松尾！你從剛才就一直在耍心機。」

「大家快來圍毆織田！」

為什麼打對戰遊戲的時候說話就很難聽呢？隨著對戰進入白熱化階段，按鍵聲也變得激烈起來。所有人都在拚盡全力操作十字鍵和按鈕。彷彿在呼應喀喀作響的操作聲一般，對話聲也越來越大。

結果我們持續用同一個規則玩，回過神來已經過了三個小時。勝率最高的是織田，最低的是坂上。坂上還放話說如果改玩Switch版他絕對能拿第一名，有夠好笑。

因為夏目說他玩得肚子都餓了，所以和坂上結伴去附近的便利商店買東西。我和織田則留下來看家。

「呼～玩得好痛快。」

織田長長地吐出一口氣，整個人倒上床。剩兩人獨處的空間變得很安靜，剛才的吵鬧彷彿是假象。

「大家都玩得很嗨呢。」

「電玩遊戲真厲害，這麼老的遊戲還是很好玩。」

「所以才被稱為經典名作。」

「我啊，覺得我們四個人攜手一定會成功，感覺電波很合。」

「希望如此。」

織田陷入沉默，我也莫名不知道該說什麼。於是我將64放回保存用的收納盒，走到展示櫃前面。展示櫃裡擺滿了大量遊戲，我不是每一款都有玩，很多是買回來之後就沒動過。我不怎麼玩單人類以外的遊戲，不過要和織田他們一起玩的話，或許還是組隊遊戲更適合。

「喔，是斯普拉遁[26]耶。」

織田從床旁櫃子拿出來的，是遊戲角色的公仔。

「織田也喜歡斯普拉遁？」

「我是從二代開始玩的。」

「是喔，沒聽你說過。」

「其實就是兩個星期前的事。」

「真的是最近才開始玩的呢。」

「因為我想說或許能和你一起玩啊。」

織田說著，把公仔放回展示櫃。公仔底座發出「叩咚」的清脆聲響。

26 由任天堂開發與發行的第三人稱射擊遊戲。玩家可操縱名為魷魚族的生物進行對戰，發射墨汁塗抹對戰場地，以塗抹面積決勝負。

「要玩遊戲的話，只要約我，隨時都可以啊。」

國小時期，大家不必特別邀約也會自發性地聚集在我家。和織田逐漸拉開距離，是在上國中之後。但即使在那段時期，我們仍然維持著在學校裡碰見時會閒聊幾句的交情。那個時候的我們還是朋友。

和織田獨處時會感到些微緊張，肯定是在上高中之後的事。

「話說回來，聽說你有和坂上一起玩遊戲？」

「對啊，邊連線聊天邊玩《要塞英雄》。」

近幾年來，玩遊戲時連線對話是理所當然的事，只要連得上網路就能和世界上的任何一個人玩遊戲。聽說早期是用網路線直接將遊戲連接起來，很令人驚訝。

「坂上好像玩得超高興的，還跑來跟我炫耀。」

「那真是太好了。」

假設聽到坂上背地裡說我壞話，我肯定會病倒在床至少兩週。「然後啊，」當織田邊說邊從床舖起身的同時，門鈴聲響起。應該是採購組回來了。織田再度倒回床上，邊說「快去開門吧」邊像催我快去一般揮揮手。

夏目和坂上買回來的幾乎都是零食。在接二連三擺上桌面的零食之中，鮭魚乾的存在看起來相當不協調。夏目注意到我的視線，笑著說「啊，這是我要吃的」邊拿出鮭魚乾，放入口中。

「不要用拿過洋芋片的手去碰電玩主機喔。玩遊戲之前記得先洗手。」

不然手把會變得油膩膩的。面對我的叮嚀，坂上和織田敷衍地應和著，夏目則是立刻用濕紙巾擦了擦手。

「話說回來我一直很想說，你們不必因為我是學長就語氣這麼尊敬。雖然我不太了解遊戲實況的生態，但總之我們是要組成一個團體對吧？那語氣這麼尊敬很奇怪。」

聽到他這麼說，我們三個一年級生看著彼此。做遊戲實況影片，確實是把學長學弟的關係去掉會比較方便觀看。

「真的可以嗎？」

夏目拉長語調回答織田的疑問。

「可以啦～團隊合作不要扯到前後輩關係才會順利，樂團也是這樣。而且我真的不喜歡被當成學長，叫我時也不用加學長，叫名字就可以了。」

「喂，夏目。」

「不，這樣怪怪的吧。」

夏目笑起來，織田也笑了。織田在這時候的適應能力真的強到讓人吃驚。換成我絕對辦不到。

「那我以後也直接叫你夏目。」

「被坂上直呼名字感覺不太愉快。」

「咦～太不講理了。」

「開玩笑的啦。」

織田、坂上都開口了，接下來輪到我。夏目將視線投向我。

「那個，對我而言直呼名字的難度實在有點高，可以改用夏目同學稱呼你嗎？」

「語氣不可以那麼尊敬。」

「啊，那個……可以叫你夏目同學嗎？」

「可以喔～話說松尾同學果然有種可愛的感覺呢。和那邊兩個臭男生完全不一樣。」

看到夏目對我微笑，我不由自主地低下頭去，織田和坂上則是發出「反對差別待遇」、「偏心得太明顯啦」等抗議聲。但其實我也很明白，夏目之所以對我特別溫柔，是出於關心。因為我無法像織田和坂上那樣機靈地應對，所以夏目和我說話時不會使用太強勢的措辭。

之前被坂上開黃腔的時候織田會出聲幫忙，也是因為看不過我驚慌失措的樣子吧？我從以前就很不習慣像「挑女友時除了臉以外要看哪裡」或「每天晚上都講電話，你們是搞在一起了嗎？」之類男性聊天時一定會聊到的話題。這類想一再查驗同性情誼的言行舉止，會讓我覺得不愉快。

人類並不是以外表受人稱讚為目的而存在的，想用什麼方式和同性朋友互動是個人自由，就算和誰談戀愛也不是他人用來揶揄的理由。而且無論是誰，都沒有將人際關係當作話題來消費的權利。我平時在班上一起行動的朋友都是能接受這些觀念的人。

那麼，織田和坂上會怎麼想呢？如果我請他們避免說這類發言，他們會覺得我很掃興嗎？還是會覺得我很不識相呢？

「那麼，差不多該進入主題了。我們的團體名稱要叫什麼？」

織田依舊坐在床邊開口詢問。夏目則是背靠著牆壁。

「嗯～比起團體名稱，先想網路名稱比較好吧～」

「各自的網路名稱嗎？」坂上如此問著。我從抽屜取出紙張，開始做筆記。

「輕音社也有很多社員是從取藝名開始的。而且我覺得要在網路上發表影片的話，就不能用本名～」

「藝名啊……」

織田摩娑著下顎陷入沉思。坂上雙手抱胸，夏目則是閉上雙眼有節奏地用食指打拍子。我則是用筆戳著臉頰，回想起我和織田以前被取過的暱稱。

「國小的時候，織田有被叫做殿下吧，還被叫過信長。」

「啊～好懷念。姓織田的男生都會被這樣叫吧。」

「說起來我以前也被叫過少爺或漱石，因為和夏目漱石同姓氏。」夏目指著自己說。

「照這個邏輯的話，我就要叫——」

「松尾芭蕉吧～不錯耶，我們的姓名都和歷史名人有關。那藝名就取這個吧？」

和輕快地做出決定的夏目形成對比，只有坂上苦著臉說：

「那個～我沒被取過和歷史名人相關的暱稱耶。」

「說得也是，坂上比較難想。有姓坂上的歷史名人嗎？」

我在紙上寫下這些姓名。織田信長、夏目漱石、松尾芭蕉，這樣的話，會想取和日本歷史有關的藝名。當我在紙上寫「坂上」兩字時，突然靈光一閃。

「坂上田村麻呂呢？嚴格來說，這位坂上的姓氏念法是Sakanoue，和坂上你的發音Sakagami不太一樣，但漢字相同也可以吧。」

「那、那是誰啊？」

織田和坂上慌張地問。夏目擺出學長的架勢解釋：

「歷史課不是有教過這位在平安時代討伐蝦夷的征夷大將軍嗎？給我好好讀書啊你們～」

夏目邊說邊拾起桌上的筆，在便條紙上寫起來。

「織田是信張、松尾是芭焦、坂上是田村麻呂[27]，然後我叫夏目所以是漱十。」

「為什麼只有我字不一樣？」

「都一樣的話感覺很嚴肅吧，這樣比較親民。」

確實，名字改一下比較有容易親近的感覺。而且漱石、芭蕉這一類筆劃偏多的字，製作特效字幕時也會糊掉，可能會讓人難以辨認。考慮到觀眾會有國小生，簡單易懂也是重點之一。

「用這些名字的話，團體名稱要叫什麼？」

面對織田的提問，我和夏目異口同聲地說：

「參勤交代。」

「大政奉還。」

27 原文為片假名。

「御成敗式目。」

「冠位十二階。」

「墾田永年私財法。」

「王政復古大號令。」

中途變成琅琅上口的日本史名詞問答了。坂上聳了聳肩膀。

「完全聽不懂你們在講什麼。」

「沒必要侷限在日本史吧？」

被織田一提醒，我才清醒過來。人類最可怕之處在於一旦陷入既定思考後，就很容易朝奇怪的方向一路狂奔。

夏目雙眼微瞇，用指尖敲了敲桌面。

「用那個怎麼樣？我有想過，如果是樂團團名的話用這種的會很適合。」

「那個是？」

「就是松尾同學拍佳代的影片標題。好像是叫『請大聲呼喊愛吧』？佳代稱讚過這個標題取得很棒。」

用這個當團體名真的沒問題嗎？而且這本來是櫻田同學想的曲名，可以擅自拿來用嗎？

在我東想西想時，織田一臉訝異地對夏目說：

「不會太長嗎？」

「會嗎？但不是有很多像『SEKAI NO OWARI[28]』或『永遠是深夜有多好。[29]』這些團名看起來像曲名的樂團嗎？所以我覺得名字很長也完全沒問題，反正一般稱呼這類樂團時都會用簡稱。」

「那如果用簡稱的話，是『請愛』或『喊愛』這種感覺？」

「聽起來的確滿可以的耶。」

「那麼，團體名稱就決定叫『請大聲呼喊愛吧』！」

隨著織田這句話，我們的團體名稱就此正式定案。看到夏目「啪啪啪」地熱烈鼓掌的模樣，我實在無法將「還是別用那個名稱吧？」說出口。萬一櫻田同學看到我們的團體名稱然後生氣地連絡我，到時候我再向她下跪道歉或做其他事讓她消氣吧……但是在我心底也有自信櫻田同學不會因此生氣，因為她向來喜歡這類氣氛。

我如此想著，用手機修改創立好的帳號名稱和頻道名稱。

『請大聲呼喊愛吧』

這段文字排列在使用風景照的頭像旁邊。於是我們的團體就在頻道訂閱只有五個人的狀態下邁出第一步。雖然在訂閱者沒有公開訂閱內容的狀況下，我們看不到訂閱者是誰。但是大致能猜到這五位訂閱者是織田、坂上、夏目，以及織田的女朋友和身為夏目女朋友的本間同學。

頻道目前的影片數量還是零。不過只要以後持續上傳影片，訂閱和影片數量等數字自然就會

28 在二〇〇七年組成，二〇一〇年以單曲〈幻の命〉獨立出道，之後於二〇一一年以單曲〈INORI〉正式出道的日本奇幻搖滾樂團。

29 二〇一八年在YouTube上傳歌曲〈秒針を噛む〉之後開始正式活動，並於同年十月出道的日本搖滾樂團。

逐漸增加吧。我伸手拿起64的手把，遞給其他三人。

「那麼，明天就來試拍實況影片吧。」

於是隔天，我們第一次實況錄影進展順利，沒有發生任何問題。

……之類的情況是不可能發生的，光挑選要玩的遊戲就花了兩小時。因為我家的遊戲數量非常多。選項太多時，往往會使人煩惱。

「來玩《薩爾達傳說》吧。」

「我們有四個人為什麼要玩單人遊戲？」

「玩昨天玩的《大亂鬥》不好嗎？」

「夏目老是用連技把人連到死所以我拒絕。」

「不然就《魔物獵人》？」

「那我比較想玩《要塞英雄》。」

「《大盜五右衛門》或《惡魔城》怎麼樣？」

「夏目選的為什麼都是老遊戲啊？」

我們七嘴八舌地討論起來，最後決定玩的是《瑪利歐賽車64》。瑪利歐賽車系列是從超級任天堂時代至今都廣受歡迎的系列作，遊戲主要內容是玩家駕駛卡丁車或機車進行比賽。特點是在奔馳途中會獲得各式道具和遭遇賽道機關，除了玩家本身能力以外，開啟道具箱時的運氣也很重要。

1P是織田，2P是坂上，3P是夏目，我則是4P。位置分配和昨天相同，是因為感覺這已經是一種默認了。

四人一起討論後，決定第一次實況不要太在意是在錄影，用自然的心態去玩遊戲就好。因為比較有知名度的遊戲實況主播大多是這種風格。對觀眾而言只看一群人熱熱鬧鬧地玩遊戲就很有趣。

但是，我們很快就親身體驗到，這種想法究竟有多天真。

Take1 ～害羞地講話反而會覺得更丟臉篇～

「好的，那麼就開始了，大家好～由我們四個現任男高中生為大家帶來的是瑪利歐賽車的遊戲實況，接下來就開始進入遊戲了。」

在織田彷彿漫才表演般的開場白之中，我開始了人生第一次的實況錄影。我用餘光觀察其他三人的表情。大家應該都很緊張，所以表情都很僵硬。我的心臟也從剛才就加速跳動，吵雜不已。只是多了錄音和錄影的動作，為什就沒辦法像平常一樣輕鬆地玩遊戲呢？

「我叫信張，是這個團體的隊長喔！」

「信張是什麼時候變成隊長的……我的名字是漱十。」

「是的，我叫，田村麻呂。」

「我是芭焦。大家現在聚在我家準備打遊戲。」

「話說、為什麼是玩６４？這主機超勞——我完全吃螺絲了。」

難得看到坂上吃螺絲，其他人都發出笑聲掩飾過去。

「田村麻呂是不是很緊張啊～？」「老主機的遊戲也很好玩啊。」

這次換我和夏目同時講話的聲音把彼此蓋掉。大家「啊」一聲地彼此互看一眼，頓時陷入沉默。

「呃、那就……織田，趕快開始玩吧！」

「田村麻呂，你很普通地說出別人的本名了。」

「啊，說溜嘴了。」

「我會把本名或不適當的發言剪掉，所以不用在意。話說回來，織田，我們趕快開始遊戲吧。準備，三、二……」

然後我用手指做出「一」的手勢，發送信號。同一瞬間，織田彷彿打開某個開關一般，氣勢驟變。

「所以，今天要選哪個賽道？要看我華麗的個人炫技賽嗎？」

夏目納悶地問：「咦，之前討論有這個環節嗎？」織田提高聲音：「我是在裝傻啦，快接哏吐槽我啊！」

「我記得今天應該是要用賽車決定誰最厲害。」

「芭焦，你說話超級像在念稿耶。」

「咦？啊，對不起。」

「剛剛是在吐槽啦！」

雖然織田很努力地獨自撐住場面，但看起來快撐不住了。我搖了搖頭，按下遊戲重啟鍵。

「重拍吧。」

Take2 ～雖然努力營造出很熱鬧的氣氛但還是白費工夫篇～

「好的，初次觀看的各位初次見面。我們是『請大聲呼喊愛吧』。接下來要開始的是，四位現任男高中生的瑪利歐賽車遊戲實況。」

織田很有精神。話說回來，也只有他成功投入YouTuber這個角色之中。雖然我昨天做了很多次模擬演練，但還是緊張到沒辦法好好說話。

「話說大家都是初次見面沒錯吧？因為是第一支影片。」

「說得也是。」

坂上吐槽後，大家紛紛放聲大笑。不是因為覺得好笑，而是想要把氣氛炒熱的那種笑。我朝麥克風瞥一眼。希望剛才沒有因為笑得太大聲而造成爆音。

「那麼，今天就四個人一起來賽車吧。」

「1P，信張，角色是瑪利歐。」

「2P，坂上，庫巴。」

「哈哈哈，我懂～田村麻呂長得跟庫巴很像。」

雖然夏目笑得很悠哉，但坂上把本名說出來了，這一段必須要剪掉。我邊注視遊戲畫面邊如此想。

「2P，田村麻呂，選的是庫巴。」

「3P，漱十，耀西。」

「4P，芭焦，角色是碧姬公主。」

「芭焦，你要用碧姬？」坂上對我問道。

「咦，不行嗎？」

「也不是不行，只是我從以前就覺得明明是男生卻玩女角的人很不可思議～」

「不是，我單純是因為可愛才選的。」

「很適合芭焦所以沒關係啦！如果是田村麻呂玩女角就很無言了。」

「不是，我想用也是可以用的吧！」

坂上聽了織田的發言後，笑到肩膀抖動起來。我和夏目也被氣氛感染，跟著笑起來。雖然我其實很想接著說：「坂上玩遊戲時選女性角色也一點都不奇怪，是很平常的事。」但又覺得不能對目前的熱鬧氣氛潑冷水，結果什麼都說不出口。

「來比蘑菇盃[30]吧！讓你們見識我第一名的實力！」織田邊說邊選擇賽道。緊接著比賽就開始

30 瑪利歐賽車系列的獎盃賽之一，其他還有花盃、星星盃、特別盃。每一個獎盃賽有四個賽道地圖，累計各賽道得到的分數來進行排行。

了。

比賽規則設定是只有四人進行賽車的模式。分割成四塊的電視畫面上顯示出各自的排名，一眼就能看出超車和被超車的狀況。

「嗚哇！誰丟的香蕉皮！」

「成功超車～媽媽咪呀[31]！」

「住手！不要撞過來！」

對話內容聽起來很普通，但有點不對勁。我想了一下後立刻明白過來，是音量。可能是擔心氣氛不夠熱烈，所以大家講話都很大聲。而且反應太熱烈，把彼此的聲音都蓋掉了。

說實話，真的很吵鬧。

我操縱賽車穩住第二名位置的同時，腦中一直都是該如何剪輯這個影片。

「絕對不要吊車尾絕對不要墊底！」「哇啊啊啊！」

織田和坂上的叫聲徹底撞在一起，根本聽不清楚。我悄悄嘆了一口氣，不讓他們發現。

Take 3　～煩惱過度反而錯失了正確答案篇～

「好的，大家好，初次觀看的各位初次見面，不是初次觀看的傢伙也真的太閒了吧？我們是男高中生實況主『請大聲呼喊愛吧』。」

31　瑪利歐的口頭禪。

「我是田村麻呂，總有一天會成為頂端實況主。」
「這裡是大家的偶像芭蕉喔。」
「吾輩名為漱十。」
「然後我是隊長信張！小子們，要上了啊！」
「喔喔——！」
高舉拳頭之後，四個人突然都一本正經，對彼此說「這個不能用吧」，於是織田按下重啟鍵。

Take4　～嘗試摸索適合的人設篇～
Take5　～有趣是什麼？篇～
Take6　～回歸初衷普通地玩遊戲吧篇～
Take7　～普通到底是什麼？篇～
Take8　～說到底，遊戲實況是什麼？篇～

嗯～這就是地獄嗎？我邊俯視累到不行，躺在地上的織田和坂上，邊關掉麥克風開關。從開始錄影到現在已經過去五小時，還是沒拍出可以接受的影片。
自己親身錄實況影片，才懂得知名YouTuber有多厲害。
看起來只是單純玩遊戲的實況也是如此。要做到使人看起來感覺「只是在玩遊戲而已」本身就很困難。

剪輯時想做到以不影響到影片本身趣味性的前提將內容去蕪存菁，並且技術高超到讓觀眾感覺不出剪接痕跡。除了速度感和易懂度，讓觀眾能輕鬆觀看的那個「順暢感」之中，蘊含著對娛樂而言十分重要的許多元素。

「欸欸～我想普通地玩一場，來玩對戰模式吧。」

夏目抱著我的枕頭，將下巴放在枕頭上。從他拉長聲音的語調中，能感覺到氣氛輕鬆起來。

我悄悄地按下錄影，在夏目旁邊坐下。

「不錯呢，我們兩個人玩一場？」

「只有你們玩也太狡猾了吧，我也要玩！」

「那我也要。」

一直像屍體般毫無動靜的織田和坂上，動作遲緩地從地板上爬起來。坂上拿起手把轉向我，然後僵住。

「這麼說來，我剛才有吃洋芋片。」

「現在馬上擦乾淨。」

「抱歉抱歉。」坂上對著遞出濕紙巾的我口頭上表達歉意。織田則在旁邊誇張地嘆一口氣說：

「真是拿坂上沒辦法耶。」然後用抽菸的姿勢拿起薯條餅乾吸了一口。

「你是在等人接哏吐槽嗎？」坂上邊擦手把邊看著織田。

「等超～久的。」

「無所謂啦，織田你也去把手擦乾淨。」

「欸欸～那我來選賽道喔～就選這個有岩漿的！」

「話先說在前，我唯一有自信的就是對戰模式。」

「那得先把松尾做掉了。」

比賽開始，大家都專心地操縱卡丁車。對戰模式的規則很簡單，就是卡丁車上綁著的三顆氣球全部破掉的人會失去資格。

「嗚哇，松尾真的有夠厲害。」

「位置這麼陰險的香蕉皮絕對是夏目放的！」

「咦你怎麼猜到的？哎呀呀～坂上的氣球只剩一顆嘍～」

「不要邊說邊攻擊啊！」

不動腦聊天的氣氛感覺很舒適。先前大家因為是第一次錄實況，所以都很緊張吧。回想起那持續五小時的地獄，我忍不住露出笑容。

「玩遊戲果然是很開心的事呢。」

「喔喔？你是在挑釁我嗎？」

率先輸掉比賽的坂上恣意地朝我們叫囂。感覺坂上在慘敗時看起來是最閃耀的。夏目持續悠閒地干擾著我們，織田則是正常發揮，做出誇張的反應來炒熱氣氛。

也許這就是我們最自然的狀態吧。我邊把織田的卡丁車撞進岩漿裡，邊感受到自己的思考逐漸變得清晰起來。

錄完遊戲實況後，下一步要做的就是進行影片後製。純觀眾可能不會知道，最花時間的部分就是剪輯後製。

我在電腦桌前坐下，打開要剪接的檔案。接下來有好一段時間要在獨立作業中度過。

後製的第一步，是把影片從頭到尾反覆觀看。這次的實況錄了七小時，用正常播放速度觀看不曉得要花多少時間，所以我把播放速度改成一點二五倍速。光是剪出能用的和覺得有趣的片段，接成二十分鐘的影片，就花掉我三個平日晚上的時間。

仔細篩選完畢之後，終於來到製作影片的步驟。首先是聲音調整。以錄了多段實況為前提的話，我覺得後製時最重要的是這個部分。

畢竟每個人說話的聲音當然不一樣。有容易聽懂的，也有聽不太清楚在說什麼的。還有聲音高低和聲量大小的差異。調整得好，流暢度會大幅提升。遊戲音量和玩家音量之間的平衡也很重要。假設在劇情向遊戲的實況影片中，只聽得見玩家的說話聲，觀眾看久了肯定會覺得煩吧。

調整坂上三不五時發出的慘叫聲音量，實在是個大工程。

音量這樣會太大聲。那就調低到這個程度吧。不對不對，這樣聲音又太小。那改這樣呢？可以再調高一點點？不，還是別調了。

如此不斷反覆試驗，才總算調整到能順暢觀看的程度。

話說回來，我按下剪輯軟體的播放鍵。聽見自己的聲音從耳機傳出來，總會使我產生坐立不安的感覺。必須聽自己的聲音是後製中最艱苦的部分。

接下來我一邊調整聲音，一邊加入效果音和字幕。點開可以免費使用的音樂素材資料夾，選出適合的音樂後仔細地一段一段配上去。

但字幕該用什麼配色呢？考慮到片頭的帶入度，把名字放在臺詞前面會不會更好分辨？開場好像有點單調，有片頭動畫可能會比較好，這樣一來也需要設定片尾畫面。配個效果音會不會更熱鬧？啊，這裡的速度要調慢一點，加上集中線效果——不，這樣又太多餘了。

在我容易執著細節的個性加成下，在錄完影過了一週後的星期一夜晚，影片才大功告成。我將完成的影片網址貼到我們四人的LINE群組裡。

【織田・松尾・坂上・夏目】

「昨天」

織田博也：『啊——練習賽打得有夠無聊。我跟坂上下週六都有空。』

夏目：『辛苦了～』

坂上明彥：『二軍鬧到爆，根本是浪費時間。』

織田博也：『畢竟你還要打工。』

坂上明彥：『真的不如去打工。』

『今天』

松尾直樹：『之前的瑪利歐賽車實況影片完成了。』

松尾直樹：『給大家確認用的網址：http://www……』

松尾直樹：『大家都沒問題的話，我就上傳頻道嘍。』

坂上明彥：『在影片裡聽到自己的聲音，感覺好怪喔。』

織田博也：『你居然把我們那堆囉哩囉嗦的聊天剪得這麼好！話說，最後居然是用對戰模式那一段，大賽模式變成彩蛋了，好好笑。』

夏目：『影片很嵌合體的感覺，組合得很有趣喔。』

夏目：『後製技術厲害得讓人吃驚呢。』

坂上明彥：『真的很有趣，我用聽的也知道有拼接，但是不會覺得奇怪。我開始擔心電視節目是不是都是靠後製拼接了，笑。』

看到大家反應非常好，我鬆了口氣。然後戴上耳機，重看一次剛才傳給大家的影片。

『**四個現任男高中生聚在一起打遊戲！【瑪利歐賽車】**』

正在播放的影像是我們玩瑪利歐賽車時的實況畫面，在遊戲畫面中配上我們的聲音。每當有人說話時，就會出現有顏色的字卡。紅色是織田、藍色是坂上、綠色是夏目，然後黃色是我。每個人用什麼顏色則是以我的主觀和偏見決定的。

信張：「好的，初次觀看的各位初次見面，不是初次觀看的傢伙也眞的太閒了吧？我們是男高中生實況主『請大聲呼喊愛吧』。」
信張：「所以，今天要選哪個賽道？要看我華麗的個人炫技賽嗎？」
漱十：「咦，之前討論有這個環節嗎？」
信張：「是裝傻啦，快接哏吐槽我啊！」
※今天是四個人一起玩對戰模式
信張：「1P，信張，角色是瑪利歐。」
田村麻呂：「2P，田村麻呂，選的是庫巴。」
漱十：「3P，漱十，耀西。」
芭焦：「4P，芭焦，角色是碧姬公主。」
漱十：「欸欸，那我來選賽道嘍～就選這個有岩漿的！」
※漱十擅自決定了賽道
信張：「我眞的超討厭這個賽道。」
芭焦：「話先說在前，我唯一有自信的就是對戰模式。」

信張：「我不會輸的！」

田村麻呂：「話說，我是第一次玩對戰模式。」

漱十：「啊，這個藉口很不錯呢。」

芭焦：「三顆氣球都破掉的話就算輸。」

信張：「吊車尾的人要請吃便利商店的零食。」

※結果眞的請吃零食了（一大堆零食的圖片）

田村麻呂：「位置這麼陰險的香蕉皮絕對是【漱十的本名】放的！」

漱十：「你怎麼猜到的？哎呀呀——」

田村麻呂：「不要邊說邊攻擊啊！」

將七個小時的錄影檔案做成只有二十分鐘的影片。再加上後製時間，總共花了將近二十五小時。影片點開來一下子就看完了，為什麼製作過程會需要花這麼多時間呢？

確認影片沒有問題之後，我就把影片上傳到「請大聲呼喊愛吧」的頻道。順利的話，大概十五分鐘就能傳完。我的心臟狂跳，吵雜不已。

我們說不定真的會出名。不對，失敗也是理所當然的。就算沒有人來看也沒什麼關係，因為我只是想做才這麼做的。

想盡快讓別人看到這支影片的欲望，和沒有觀眾回饋也無所謂的逞強心態，使我隔著T恤按住胸口，將額頭抵在桌面上。

心跳得好快。好可怕。會怎麼樣呢？好興奮。好可怕。好期待。好在意觀眾看完會有什麼反應。好可怕。心臟好痛。

上傳結束之後，我握住滑鼠移動游標。首先設定縮圖，輸入標題，把想告訴觀眾的話輸入說明欄位，然後點下滑鼠。只是將影片公開的一個簡單動作，我的手指因此發抖。

『四個現任男高中生聚在一起打遊戲！【瑪利歐賽車】』

觀看次數：37 次．2019/05/27

這是我們的第一支遊戲實況影片。大家覺得有趣的話，請務必訂閱我們的頻道！

「沒有增加耶。」

「沒增加呢～」

「不能再增加一些嗎？」

五月三十一日。在我房間集合的織田、夏目和坂上，三個人都一手拿著手機嘆氣。我一腳將躺在地板上的織田的腿踹到旁邊，把裝著麥茶的玻璃杯放在桌上。

「請大聲呼喊愛吧」的第一支遊戲實況影片，在這五天以內只達到大約四十次的觀看次數。雖然告訴自己首次上傳影片就有四十次觀看還算可以，但還是壓抑不住沮喪。畢竟我在後製時花了那麼多工夫。

雖然不想看到留言區像炎上影片那樣整排都是咒罵，但完全一片寂靜也很落寞。我滑動手機螢幕，往下看著留言區，連一個「我不喜歡」都沒有，和需要煩惱黑特問題的實況主根本是不同次元。

我們的影片是猶如路邊碎石一般微小的存在。即使存在在這裡，也幾乎無人留意。

「話說，因為我覺得都讓松尾承擔也不好，所以有自己研究一下YouTuber相關的情報。」

織田如此說著，爬起來在坐墊上重新坐好。原本用手撐著臉頰的夏目，也整個人朝織田的方向轉過去。

「研究什麼？」

「要做什麼才能讓影片的流量增加之類的。」

「我們知道的話就不用那麼辛苦了。」坂上說著，將後背靠在床鋪邊緣。我則是淺淺地坐在電腦椅的前半段。

「織田，說說看你的研究成果吧？」

「這些松尾應該都知道，知名的YouTuber之中，很多人會在每天同一時間上傳影片。這樣講不太好，不過影片數量比品質重要。」

當YouTuber這個職業還沒獲得大眾承認的時期，被稱為始祖的YouTuber們，是將重點放在如何讓更多人養成看YouTube影片的習慣。

在過去，電視是最主流的娛樂方式。孩子們每天一到黃金時段就會坐在電視前面，收看電視臺播放的電視動畫或搞笑節目。所以那個世代的孩子們即使長大成人也會繼續這麼做，因為這個習慣已經根深柢固。就算沒有特別想看的節目，也會不自覺拿起遙控器按幾下，把電視節目當作背景音樂播放。不曉得這群大人們有沒有發現，這個「不自覺」的動作有多重要又有多可怕，又或者是背後存在著即使發現也無法停止的社會潮流？

所以為了將兒童和年輕人的注意力從黃金時段的電視節目拉走，就需要製造屬於YouTube的黃金時段。所以YouTuber想出的策略就是，在固定時間發布影片。每天都在同樣時間發布影片，觀眾就會逐漸習慣在那個時段打開YouTube。影片數量越多，就會「不自覺」地打開YouTube的頁面。

「還有，短影片有流量越高的傾向。我猜可能是因為能隨意點開來看，很感興趣。但在我的印象中，知名YouTuber的影片時長不太會影響到觀看次數。然後在後製部分，大多都是節奏超級隨便的類型……說真的，看過YouTube之後再去看電視會很不耐煩，覺得播這麼久只演這麼一點內容？還有，進廣告之前會卡在緊張劇情，真的讓人超不爽的。」

織田的感想恐怕和標準的年輕人想法很相近。「廣告後請繼續觀賞！」這一類的關鍵時刻進廣告手法，似乎在我出生前就已經存在，但不可否認會讓人產生「到底是誰發明的！」的心情。

中老年世代看世界的角度，大概和我們這一代是不同的。網路的存在徹底改寫了我們的世界。

那些人會「不自覺」地打開電視，是因為他們腦中沒有電視以外的娛樂選項。所以雖然會稍微感到不快，還是會壓抑不滿，等待廣告結束。然而我們不會這樣做。我們在面對形形色色的事物時很任性。感到不快就關掉電視，錯過的話上網補看就好。對節奏太緩慢的劇情很不耐煩。

冷靜思考，就會發現電視節目和網路影片的製作手法有差異，是很理所當然的事。畢竟電視節目有固定的時長。或許，問題是出在我們毫不在乎電視節目有什麼必須這樣做的苦衷的想法。習慣YouTube的快節奏之後，再看電視總覺得進展太慢，然後會很自然地想：為什麼我們一定要忍受？

即使如此，電視臺仍然有其優點。網路創作者擅長以人數少的團隊做出成品，但是在大型企畫方面絕對是電視臺更加擅長。而且從所有世代的角度來看，電視仍然是擁有較高影響力的一方。在網路產生的小規模趨勢會經由電視擴散出去，這個發展在近幾年以內都不會變吧。

就這樣持續下去，到我們四五十歲時，電視節目會演變成什麼模樣呢？偶爾想到這件事，有時會覺得一陣發寒。到時候不止電視，可能連YouTube也會變成被年輕人嘲笑是跟不上時代的舊產物。

新的媒體亮相時，既存媒體就會被視為傳統支配者。曾經以嶄新創舉和產業革新為目標的人們，也會逐漸化為以守護既得利益為主的守舊組織。

「所以呢？織田的結論是想怎麼做比較好？」

將長髮隨便扎成一束的夏目，短短地嘆了口氣。他今天很難得地沒穿和服，而是T恤配斜紋褲的休閒打扮。

「長期而言想達成的目標是在固定時間發布影片，可以的話，想每天都發布影片。」

我的臉頰不自覺地抽搐了一下。每天都發布新影片的那些人，基本上都是職業YouTuber，而且不會在影片後製方面花太多工夫，或是背後有不止一名的後製團隊。也有的是發外包請人做，把拍好的影片傳給外包人員，請對方剪輯影片。但這些都是身為學生的我們做不到的事情。

「絕對不可能。你知道做一支影片要花多少時間嗎？」

織田聽了我的反對意見後，誠實地點點頭說。

「我知道不可能，所以才說這是長期目標。以現在來說，目標會是一星期發布一支影片。如果能做到一次就把實況錄完對松尾也比較有幫助，然後慢慢進步到可以開直播也不錯。直播不必後製，松尾的負擔也會減輕。」

「我也贊成多發幾支影片～影片數量增加之後，沒被注意到的早期影片觀看次數可能也會跟著增加。」

夏目點點頭。坂上則是彷彿陷入思考般，摩娑著下巴說：「直播嗎……」可能是想到了什麼想做的事吧。

「然後，希望大家各自去申請一個推特帳號用來宣傳。」

「不是申請一個團體帳號，是各自申請？」

「因為共用帳號在管理上很麻煩。要怎麼經營帳號都是個人自由，不過禁止發容易炎上的內容。例如政治相關或抱怨之類的無關話題就別發了。」

於是我們按照織田的指示，創立了各自的推特帳號。

我在姓名欄填上實況用的名字「芭焦」，自我介紹則是簡單寫了「遊戲實況主。目前以實況團體『請大聲呼喊愛吧』的成員身分活動中。【youtube.com……】」。觀看次數還很少，卻寫著這樣的自我介紹，很難不覺得可笑。不過，任何人在一開始都是從零開始的。

「話說～知名遊戲實況主的頻道創立時間和活動時間差滿多的。有人頻道顯示的創立日期是五、六年前，卻自稱有十年的實況經歷，超神奇的。」

我聽完織田單純的疑問後，微微低下目光。織田的觀察力總是這麼敏銳。

「那應該是從Niconico動畫搬過去的實況主。」

「Niconico動畫，是那個留言會出現在畫面上的網站？」

「對對對，就是以前在次文化圈子裡爆紅的那個影片網站。例如VOCALOID[32]文化就是在Nico動[33]一夕成名。因為可以讓觀眾在影片上輸入留言，所以遊戲實況也發展得很好。」

「難得在那邊做出名氣，卻移到YouTube做實況？」

「因為投稿者會偏好觀眾數量多的平臺。這是理所當然的，辛苦做出的優質影片如果沒有觀眾來看，就失去意義了。所以當更多觀眾聚集在YouTube之後，投稿者跟著搬過去是很正常的發展。」

說起來好像很簡單，但是當事者本身一定有其掙扎和理由。更換投稿平臺，基本上和賭博沒兩樣。還有粉絲一口氣驟減的風險。是要維持現狀，或是以開拓新平臺為目標？在這段只能二選一

32 日本山葉公司於二〇〇三年推出，並於二〇一一年正式發售的電子音樂製作語音合成軟體。

33 Niconico動畫的暱稱。

的時期，許多投稿者就此走向分歧道路。

「搬過去之後，有人因此失敗，也有人因此成功。原本就小有人氣的投稿者成為超人氣網紅之類的。有YouTube的環境比Nico動更適合他的人，當然也有狀況相反的人。有選擇維持現狀，結果陷入停滯的人，也有競爭對手減少後反而在Nico動變得受歡迎的人。」

我國小時經常觀看影片投稿者的直播。聽過不少次這些受歡迎的投稿者吐露煩惱。「在想要不要搬去YouTube」、「怎麼可能會拋棄Niconico」、「感覺不到可能性」、「我可是打算要在Niconico待到入土的人」、「不論是YouTube還是Nico動，兩邊都想好好經營」。我曾經很喜歡他們，所以追著他們前往另一個網站。當時我對兩邊都很喜歡，如今卻過著每天只看YouTube的生活。

「我的想法是……真正受歡迎的人，去哪裡都會受歡迎。這是理所當然的，但觀眾愛的不是YouTube，而是YouTuber或是那些上傳到YouTube的影片。所以無論使用的是哪一個平臺，投稿者搬去其他地方，粉絲也同樣會轉移。有投稿者在的地方，粉絲就會追隨過去。」

人氣度起伏十分激烈的這一點，或許和電視業界很相似。最大的差異在於，能自己決定要不要發布影片。

「雖然我們的影片還沒什麼人來看，不過，我覺得總有一天會被人看見。我想這樣相信。所以就算觀看次數沒有成長，我還是會努力做後製。因為這是從零開始累積的事，我覺得只能腳踏實地慢慢來。」

好像說得太熱情了。回過神來，看到三雙眼睛直直地盯著我。因為他們的表情看起來太過認真，讓我很焦躁。我用右手摩擦著左手手背，掩飾害羞。

「那個……開始錄實況吧？」

我起身離開電腦椅，椅子隨我的動作轉了起來。當我坐上坐墊之後，隔壁的夏目把手伸過來，用彷彿摸狗狗一般的動作，往我頭頂亂摸一通。

「松尾學弟真的很了不起呢～」

「怎、怎麼突然……」

「該怎麼說呢～突然覺得你好可愛。哎呦，人家的母性突然萌芽啦～」

「織田！夏目壞掉了，現在馬上送他一個經紀公司警告！」

「等等，我的淚腺也處於不太妙的狀態。」

「哭點在哪裡啊！」

面對坂上的吶喊，織田嘀嘀咕咕地辯解：「因為想到他一定超～努力在做後製嘛。」雖然我完全不在意被夏目當小孩子對待，但是為什麼被織田這樣對待，就覺得很不爽呢？

「話說夏目，你哪來的母性？」

「因為我家有兩個弟弟啊～看到小孩子拚命努力的模樣就很感動～」

「咦，夏目是不是說過也有個哥哥？」

「對，我在四兄弟裡排行第二。所以之前才會說我家買不起遊戲機，就只能一直打64和超任～要我爸媽給四個兒子各買一臺主機和遊戲也太難了，所以不肯買3DS和PSP給我。只能去二手書店買遊戲攻略本，邊看攻略邊幻想把遊戲通關。」

「這真的是現代會發生的事嗎？」

雖然坂上如此大笑著說道，但我無法判斷能不能笑。在和坂上與夏目聊天時，我偶爾會對自己的收藏品產生一股羞恥感。因為這些並不是靠我自己的努力獲得的。

織田發出用力擤鼻子的聲音，然後將包成一團的衛生紙拋進垃圾桶。

「好，來錄實況吧！」

「表情不用這麼認真啦。」

坂上笑到肩膀抖動起來，黑色針織上衣的布料也隨之緊貼在他厚實的肩膀上。真是個很愛笑的人。

我往桌面向前傾身，按下麥克風的開關。接在電視上的是任天堂64主機，今天是照夏目的意願一起玩大亂鬥。

「準備開錄嘍，三、二……」

我無聲地用一隻手指代替「一」。織田則配合我的手勢，開口說起招呼語。

「初次觀看的各位初次見面——」

『男高中生彼此互毆啦——！【大亂鬥】』

觀看次數：53次・2019/06/10

信張：「初次觀看的各位初次見面，看超過第二次的傢伙眞的太閒了吧～我們是男高中生實況主『請大聲呼喊愛吧』。」

漱十：「今天大家要玩什麼呢？」

信張：「是大家最喜歡的——『明星大亂鬥』！」

※而且居然是初代。

田村麻呂：「爲什麼是64版？這一版上市的時候我們都還沒出生耶。」

信張：「因爲漱十想玩啊。」

漱十：「64版以外的大亂鬥都不是大亂鬥！」

芭焦：「太激進了吧。」

※立刻開打！

※1P：信張、2P：田村麻呂、3P：漱十、4P：芭焦。

信張：「這個叫奈斯的，到底是什麼遊戲的角色啊？看起來不像人類。」

田村麻呂：「是地球冒險2的角色。腳本是Hobonichi[34]的系井重里[35]寫的。」

34　ほぼ日刊イトイ新聞。由株式会社ほぼ日於一九九八年開始營運至今，以網路新聞、名人採訪和生活雜貨通販為主的網站，幾乎每天都會更新。HOBO日手帳就是同公司推出的手帳產品。

35　日本男性廣告文宣創作家、散文家、藝人、作詞家兼電子遊戲創作者。也是株式会社ほぼ日的代表董事兼社長。

漱十：「嘲笑奈斯大人的傢伙會被打到飛高高喔☆。」

※漱十在不久之前剛向芭焦借過地球冒險2。

漱十：「看我的──PK爆炸頭！」

※這招中他覺得很酷的東西似乎是睡亂的「爆炸頭」。

田村麻呂：「混帳傢伙，男子漢就要選瑪利歐啊！你這個路易吉別以爲腿比較長就給我蹺起來！」

信張：「哥哥！」

田村麻呂：「不要邊放火球邊靠過來──啊！」

信張：「哥哥啊啊啊啊！」

※瑪利歐先生掉出場外了。

※請欣賞用慢速度重播的這一幕。

信張：「哥哥，爲什麼……噗哈哈。」

漱十：「因爲腳比較長所以贏了？」

田村麻呂：「不，和身材無關吧！」

將這段兩小時的實況錄影檔，做成時長十六分鐘的影片。感覺從錄影到後製都進行得比上一次順利。觀看次數比上一支影片多，訂閱數也出現變動，從上支影片起增加了六位。目前頻道訂閱人數是十一位。照這樣算，要到什麼時候才能到三位數呢？

在發布新影片三天之後的星期四夜晚，我撐著臉頰，打開原始的錄影檔重新觀看。未經後製的影片稱不上是作品，更像是實況紀錄。我認真地側耳傾聽錄影檔中的每一句對話。

『真想把這句話也剪進去』。『那一段明明也很有趣』。『啊——被剪的部分太可惜了』。雖然有很多想保留的部分，但是若想做出節奏順暢的影片，就免不了刪減的步驟。

看著未經後製的影片，感覺得到我們四人已經默認各自的擔當角色。營造氣氛的是經常惡作劇的織田，懂得縱觀全局的夏目會不動聲色地配合織田裝傻。坂上則是在他們的對話太脫線時，負責吐槽並且把話題帶回實況範圍。而我是負責……我不自覺地移動滑鼠點下暫停鍵。影片停止播放，笑聲也隨之消失。

我只是個在一旁陪笑的妨礙者。好幾次其他人將話題拋過來時，我都接不好。雖然這些部分在剪輯時已經全部篩掉，不會出現在影片成品中，但在原始錄影檔中，對話確實有好幾次都斷在輪到我發言的時候。

從以前就是如此。我總是因為腦袋裡有過多思緒，無法好好說話。我和織田、坂上、夏目明顯不是同類人。只有我過於格格不入。

把我去掉的話，錄出來的實況是不是會更吸引觀眾呢？夏目無疑是個帥哥，織田的氣質看起來還算帥，坂上則是很好相處的人。如果露臉，肯定很受女性觀眾歡迎。

「唉——」

我不由得深深嘆息，又忍不住為這嘆息之深重而自己笑出來。如果能將一切簡單歸咎於人類天生就有擅長和不擅長之分，應該能輕鬆很多吧。

熟悉的來電鈴聲從放在桌邊的手機傳出，是LINE內建的預設音效。我看見螢幕顯示的來電名稱，微揚的嘴角弧度隨之繃緊。

是織田打來的。

「怎麼突然打電話給我？」

「也沒什麼特別的事啦──」

織田的聲音透過麥克風在房間中響起。或許是因為麥克風的性能差異，他的音質聽起來比影片中稍微高一些。太專注於影片剪輯後製，偶爾會想不起來織田的實際嗓音是怎樣的音質。

「影片剪得順利嗎？」

「啊～你是說瑪利歐派對？」

那是我們在上次實況錄影日錄完大亂鬥之後玩的遊戲。如標題所示，是瑪利歐系列中的角色會登場的聚會遊戲，簡單來說就是種類超級豐富的雙陸遊戲。

配合織田的要求，這次不是做單一影片，而是系列影片，將實況內容依段落來區分為幾部單獨影片。遊戲長度的設定是二十回合，所以兩個半小時就錄完了。

「做起來比之前的影片輕鬆很多。需要剪接的部分不多，按照每三十分鐘一個段落的話大概可以做四到五支影片。下週一就能上傳，頻道的更新時間固定在每週一可以嗎？」

「啊、嗯。抱歉啊，明明離期末考只剩不到一個月了。」

「織田居然會說出考試兩個字？不敢相信耶。」

「我也是會在乎考試的好嗎？而且，也有點在意松尾的負擔會不會太重。」

「我不覺得太重啊，反而做得很高興。我很喜歡做影片，所以會不自覺地做得太投入。」

「能聽到你這麼說，我也覺得沒那麼抱歉了。」

織田陷入沉默。我移動滑鼠，將影片播放器的畫面關掉。進入六月後，再過不久就是梅雨季節。如果每週更新一支影片的話，一個月只有四支影片而已。為了達成織田想在暑假之前多增加一些影片的期望，我最近無論平日或假日，只要有空就黏在電腦前。

「話說回來，你最近不就沒辦法做自己有興趣的事了嗎？」

織田以彷彿現在才想到這一點般的語氣說著。雖然他裝得若無其事，但話尾有輕微顫抖。我雖然察覺到他在緊張，卻不明白他這份緊張從何而來。明知織田看不見我的動作，還是疑惑地歪頭。

「我有興趣的事？」

「就是那個，櫻田同學的ＰＶ。」

「喔，那個啊。」

原來織田是指為櫻田同學創作的歌曲製作ＰＶ的事。我確實抱著這樣的野心，但不急於一時。因為我自己也不明白這麼做算不算是正確答案。

我開啟YouTube，改登私人帳號，然後點開訂閱列表。頻道名「Hikari」，訂閱人數是一千七百二十八人。頻道裡的影片全部是在自家房間拍的。影片內容都是懷抱木吉他的少女，畫面只能看見那優美的手部動作。而我知道，這位少女就是櫻田螢。因為她創立這個頻道的時候，我就在她旁邊。

那是國中三年級的夏天，我和櫻田同學在學校大樓後面吃著冰棒。杳無人煙的學校、身穿夏季制服的少年少女。然而身在這如畫一般的青春一頁中，櫻田同學卻在一口一口吃著冰棒的同時深深皺起眉。

「居然在那種地方發情，好想幹掉他們～」

「會不會說得太狠了？」

「不然難消我心頭之恨。」

櫻田同學氣成這樣是有原因的。我們學校有個傳統是要在暑假期間為第二學期舉辦的文化祭做準備。我、櫻田同學以及另外兩位男女同學被分配到製作布景板的工作，我們為了完成工作而在暑假期間還到學校來……

「那對發情期的猴子，憑什麼把我們當妨礙者對待！」

「因為人類的發情期似乎是全年無休。」

「現在完全不想聽這種知識好嗎。」

櫻田同學以臼齒咬斷冰棒棍，露出一臉憔悴。

我和櫻田同學抵達學校之後，在教室裡迎接我們的，是在窗簾後面似乎正進行肢體糾纏的男女剪影。是在做十八禁的行為吧，我如此想著。雖然還未滿十八歲。

比起整張臉徹底紅透僵在原地的我，櫻田同學冷靜得可怕。她將敞開的門闔上一半，朝他們喊道：

「我們半小時之後再來，在那之前趕快解決！」

說完將門「砰」地一聲徹底關上，然後我和櫻田同學就去附近的便利商店買冰棒。回教室之後該用怎樣的表情面對同學呢？回想起即使隔著窗簾也十分明顯的下流行為，我就有點想哭。我很害怕和性有關的事物。

「唉～走到哪裡都能撞到情侶真是有夠討厭。在電車上公然放閃的情侶也一樣討厭。」

「說得沒錯，視線都不知道該往哪裡看。」

「話說，談戀愛有這麼了不起嗎？有男朋友就比較了不起？」

「跟我說這些也沒用吧。」

「松尾同學從來沒有戀愛方面的傳聞呢～有喜歡的女孩子嗎？」

我發出喉嚨被絞緊般的聲音，然後將冰棒從嘴裡抽出來，看向身旁的櫻田同學。

「不知道，應該是沒有。」

「為什麼回答得這麼模糊？」

「因為，我不太懂戀愛是什麼樣的感覺。」

「所以說，你對我有好感的可能性是零嘍？」

櫻田同學用手指捲著黑髮，淺桃色的唇邊說邊朝上噘起。雖然感覺她應該是在逗我，但櫻田同學的表情相當認真。

我盡量不失禮地慎重挑選詞彙，戰戰兢兢地回答。

「雖然喜歡，但我覺得不是戀愛方面的感情。」

因為，櫻田同學很可怕啊。

「所以是友情？」

「更正確來說，應該像粉絲？或製作人？因為，我喜歡的是櫻田同學的才華。」

不是以異性的角度，我只是單純被櫻田同學的才華吸引，並且相信櫻田同學創作的作品中蘊含著的可能性。

「喜歡才華嗎？真是不得了的話呢。」

「因為我覺得，櫻田同學擁有非常不得了的才華。」

「關於才華這一點我很有自覺。」

櫻田同學「哼」了一聲。很難相信這是那天因為歌詞被我看見，而慌張喊叫的人所說出的話。

「櫻田同學有喜歡的人嗎？」

「有的話就不會和松尾同學在這裡閒聊了～」

「那麼，妳對我有好感的可能性也是零？」

「嗯，不好意思就是零。但是我覺得和松尾同學的話，可以成為真正的朋友。」

「真正的朋友？」

是我不熟悉的詞。應該和普通朋友不一樣吧。我一口氣吞掉剩餘不多的冰棒，太陽穴感到一陣刺痛。

「是超越性別隔閡的，完美朋友。」

「朋友還有完不完美之分？」

「完美只是一種比較誇飾的修辭。我呢，以前從來沒對別人說過自己在創作歌曲。不過，因為松尾同學也是創作者，所以覺得來自你的評價具有可信度。」

「我才不是創作者。完全不是。」

「你有在剪影片吧？我從廣播社的人那邊聽說過。即使做得不多，但是能從無到有創造出全新事物的人，毫無疑問就是創作者。」

是這麼一回事嗎？我並不覺得自己適合這個非常專業的稱呼，視線不由自主地落在拿著冰棒棍的手腕上。從棍子上滴落的糖水，像雨滴打濕了乾燥的水泥地面。

「櫻田同學不想讓別人聽看看妳作的歌曲嗎？」

「當然想，但是我沒辦法做街頭表演。因為，我不想讓別人看見唱歌時的自己。我想將歌曲和我本人區分成各自獨立的存在……你能懂這種心情嗎？」

「會想要把關於自己的外貌、特質的評價，和作品區分開來。這種心情我可以理解。」

「沒錯！不愧是松尾同學。」

櫻田同學睜大雙眼，興奮地回答著。面對她直率的稱讚，我搔了下臉頰。

「這樣的話，試試看把歌曲發表到YouTube？」

「把我作的歌？」

「對，這樣妳就不需要露臉了。」

「可是我不太懂申請帳號那些。」

「我幫妳申請帳號吧。能把手機借我嗎？」

「好啊。啊，等一下，先解個鎖。」

櫻田同學如此說著，毫不牴觸地將手機遞給我。手機分明是最重要的個人資訊載體，她卻毫不厭惡。大概是因為，那個時候的她是信任我的。

「有想用的帳號名稱嗎？」

「就用Hikari。以前就決定過發表創作時要用這個名字。」

YouTube的帳號建立方式非常簡單。櫻田同學朝不到一分鐘就申請完畢的我佩服地說著「厲害厲害」，拍了好幾下手。

「那麼，松尾同學把那首歌的PV做出來的話，就上傳到這個帳號吧。你有想要做什麼風格的PV嗎？」

「這個嘛……雖然，真的還是發想階段而已。櫻田同學，妳有看過二〇一一年的九州新幹線全線開通的廣告嗎？」

「啊～在網路熱烈討論過的那個？把當地居民聚集起來，沿著線路展示標語或做表演，穿插在新幹線列車行駛畫面之間的廣告影片。」

「對對，每到一個車站或經過一個縣市就會切換畫面……以前在網路上看到時，我非常感動。整個影片充滿了非常明朗的能量，或者說是正向感。」

雖然我看的只是支全長一百八十秒的廣告。演出者並不是知名演員，內容也不是具有衝擊性的劇情，只是從新幹線的車窗看見的景象逐一切換，從車內眺望聚集在外面的群眾的畫面。那是許多舉著標語牌、揮舞旗子、扮演吉祥物的人以及成群的表演者。洋溢在這些聚集於車站周遭的人們臉上的笑容都被拍了下來。

我看完之後，直率地感受到喜愛之情。影片非常棒。來自不同人的「喜歡」直接傳遞給我。

「當我聽到櫻田同學唱的自創曲時，就想做類似那種感覺的影片。比如請不同人來闡述各自喜愛的人事物，再將他們闡述時的臉孔逐一切換之類的。」

「這種表現方式，真的適合那首歌嗎？」

「可能不適合吧，但是我想做做看。因為在聽那首歌的當下，浮現在腦海中的就是那個景象。」

「喔──」

櫻田同學雙眼微瞇，以鞋底輕輕踢著地面。

「原來松尾同學想做的影片是這樣子的。」

「是的，肯定是那樣的。不是為了討人喜歡，而是單純地做出自己想做的。」

「如果PV導演是我，應該會將那首歌配上都是我自己的畫面吧。比如身在不同地點中的我，感覺應該可以做出不錯的影片。」

「那有想拍攝的地點嗎？」

「比如科博館的星象館或植物園的薰衣草田。也滿喜歡水鴨池公園的噴水裝置，還有——」

「還有？」

「多到說不完。不過，實際上我不會去拍那種影片啦。因為我不是想引人注目，只是想唱歌而已。」

「我希望櫻田同學的歌能讓更多的人聽見。」

「但是我的歌，單純只是興趣。」

櫻田同學說完之後，視線往地面落去。

那個時候，我和櫻田同學仍是交情很好的朋友。製作PV不只是我一個人的目標，也是我們的共同目標。然而，如今只剩我獨自持續製作PV。

偶爾會不安地想，這是否只是自我滿足，然後對這麼想的自己發出苦笑。創作出的作品，本來就是自我滿足的結晶。即使不被任何人認同，也無法阻止我持續創作。因為這是我們唯一的生存方式。

「那麼，明天放學後在車站集合。要開始拍PV嘍。」

織田的發言，使我倏然驚醒過來。因為沉浸在回憶中，忘記在和織田通話了。

「啊、嗯。很感謝你們的幫忙。」

「別太勉強自己，去好好休息吧。」

「織田你也是。」

「……果然，能聽到你的聲音太好了。」

對面傳來帶著嘆息的笑。織田沉穩的說話聲，使我感到心臟輕輕跳動一下。大概是因為我的自卑心在作祟，才會對他直率的言行感到動搖。分明對夏目和坂上的好意都能欣然接受，卻忍不住對織田的好意感到抗拒。因為我內心深處的天邪鬼[36]想試探他是真心還是假意。

「那麼，就先聊到這裡吧。晚安。」

「好，晚安。」

我在織田掛斷電話之前就結束通話，直接仰面靠在電腦椅上，伸直雙腿，閉上雙眼。假日時吵鬧不已的這個房間，平時只能聽見自己的呼吸聲。覺得對此感到寂寞的自己很可笑，所以我發出幾聲乾笑。

隔天，我們將制服換成便服，在距離學校兩站遠的公園前車站集合。我看見坂上用力揮手的

36 日本傳說中的妖怪。專門唆使人去和他人唱反調、做壞事的惡作劇小鬼。

模樣，嚇得當場停住腳步。雖然事先知道夏目今天要補課沒辦法來，但是我以為坂上肯定會去參加籃球社的練習，所以完全沒問過坂上。

環視周遭一圈，沒有織田的身影。看樣子提議的本人遲到了。

我什麼都還沒說，跑過來的坂上就自發解釋。

「那個，是織田叫我來的。」

「你不用去社團活動嗎？」

「嗯，偷懶不去也不會被發現。我來會造成你的困擾嗎？」

「怎麼會。我很高興能和坂上一起拍。」

我說完之後，坂上以鼻音回應一聲就低頭看向地面，然後用那雙應該很貴的紅色球鞋鞋尖部分碾著柏油路面。

我取出手機，迅速滑著推特上。登入的不是YouTuber用的帳號，而是私人帳號。看到追蹤的漫畫家發了新圖，對那張圖點了「喜歡」。我並不想得到針對我個體本身的稱讚。但我希望，我的作品能被所有人類點「喜歡」。

「欸，話說回來，為什麼我是藍色？」

「什、什麼？」

我將注意力從手機挪開，發現同樣拿著手機的坂上站得很近並俯視著我。

「就是那個形象色。」

「啊，抱歉。顏色是我擅自決定的。」

「不，那是無所謂啦。」坂上以任誰看都非常在乎的表情說著。莫非他比較喜歡紅色？我朝他腳上鮮豔的球鞋瞥了一眼。

織田是紅色，坂上是藍色，綠色是夏目，而我是黃色。起初決定使用形象色，是為了整理聊天內容並傳達給觀眾，因此最重要的是字幕的顏色，編輯成只要看到文字顏色，就知道這句話是哪個人在說話。

「總覺得，用顏色來分的話就是這樣。」

「所以織田的紅色，是因為他是隊長？」

「嗯～應該說，不覺得織田很適合紅色嗎？如果是戰隊英雄的話，他肯定會是紅色。該說是主角力吧……」

等等，說到底主角力是什麼東西？就連說出來的我都不知道那是什麼。只是即使身在人群中，織田也會在不知不覺中成為主要人物。即使他被分配到的是配角，回過神時目光總會追逐著他。

「那夏目的綠色是？」

「因為綠色給人的印象是知性。然後，和夏目沉穩的聲調非常符合。」

「那為什麼你是黃色？」

「嗯～因為我是，比較溫和的感覺。總覺得就應該用黃色。」

「……那，為什麼我是藍色？」

「織田是紅色的話，坂上就是藍色吧。因為我覺得那樣是最貼切的。」

在我心裡，織田和坂上是成對的存在。他們在班級中也是看起來交情最好的，雙方都個性開朗，受人歡迎。和我這種喜愛待在寧靜之處的人是不同類型。

「在松尾眼中，我看起來和織田是同等的嗎？」

「咦？」

因為聽不懂坂上的問題含意，我不由自主地反問。然而眨眼後，坂上說：「還是算了。」然後擅自結束了對話。

「抱歉，久等了！」

織田穿著一件頗為時髦的外套，朝我們飛奔過來。身後拉得細長的影子和他黑色的球鞋底部緊密依偎著，不肯分開。

「就是說啊，你來得有夠慢。」

坂上說著，發出暢快的笑聲。或許因為我正在腦海裡反覆思考坂上剛才提出的問題，總覺得他的笑聲聽起來不太自然。

「所以說，特地選在放學後集合的理由是？」

「咦，松尾沒告訴你嗎？今天是松尾日。」

「松尾日是什麼？」

「就是讓松尾做他想做的事的日子。你想想，松尾之前說過他的興趣是做影片吧？」

我轉頭看了一眼背後的休閒背包。這個背包裡，裝著拍影片用的攝影機和麥克風。

「總之，先去公園再說。」

織田說完後，我們前往附近的水鴨池公園。

我們這個地區雖然不靠海，卻有一個寬闊的水池。水質普普通通，深度也不怎麼深，水鴨池公園就是圍繞這個池子所建。當地人會稱這個池子為水鴨池，並不是因為池裡棲息著鴨子，而是因為池子的形狀很像鴨子。

我們三人在公園裡的長椅坐下。坂上和織田都是雙腳大開的坐姿，我則是規矩地將膝蓋併攏。他們搭電車該不會也是用這種坐姿吧？我那根本不到長椅三分之一的狹小空間，還被織田的膝蓋亂入了。

「所以，松尾導演想拍什麼？」

「幹嘛叫我導演。」我有些竊喜。坐在長椅最右側的坂上將身體往前傾，閃過織田的身體。

「不是，現在不是害羞的時候吧。」

「啊、嗯，抱歉。」

「這不需要道歉啦。」

織田將雙手交叉在腦後，朝後靠在長椅上。

「雖然之前已經和織田提過，我想多拍幾支類似本間同學那樣的影片。先在素描簿上寫下想告訴對方的話，然後朝對方喊出愛意的影片。最後想把這些影片接起來，做成一支ＰＶ。」

「ＰＶ！」

坂上誇張地往後一仰。我慌張地補充。

「當然，並不是要做什麼史詩般的影片。這真的只是我的個人興趣，或者應該說是我擅自訂下的目標而已。」

而且，起初我完全不打算請織田或坂上幫忙。但是織田十分頑固，不肯接受我堅持不需要幫忙的說辭。

「所以得先找到願意在影片中出鏡的人對吧！」

面對織田的提問，我誠實地點頭。話雖如此，我的朋友很少，幾乎不曉得該找誰。

難道說，織田願意把認識的人介紹給我嗎？織田和坂上的交友圈確實比我廣闊非常多。我向他投去期待的目光，織田只用一句話就將我拉回現實。

「那就只能去搭訕了！」

……啊？

坂上不知為何無視嚇到說不出話的我，很感興趣地說：「只有這個辦法了。」

「不、不不不不不不！」

「好的，請問松尾剛才說了幾次『不』呢？」

我捉住露出笑容的織田手臂搖晃。

「幹嘛擅自拿別人出猜謎題啊？不對，搭訕什麼的根本不可能啊！」

「這是最好的辦法吧。」

「一點都不好！再說了，叫住不認識的人，萬一對方去社群上說有怪人出沒，擴散開來要怎麼辦！」

「松尾真的很愛擔心耶。」坂上無奈地說。這些傢伙的網路常識為什麼會低成這樣？

「大致來說，在這年代去詢問不認識的人願不願意讓我們拍影片，根本不可能得到可以的回應。還不如穿制服說『我們是廣播社的社員，請問能協助拍攝作業用的影片嗎？』之類的謊話，還比較容易成功呢。」

「就這樣做吧，現在開始我們就是廣播社的社員。」織田指著自己的胸口說。

「那會給廣播社的人帶來麻煩吧？」

「真是的，松尾真任性。」

「不是任性，而是出於常識的判斷。而且PV又不急著做，慢慢來也沒關係。」

「慢慢來大概要多久？」

被織田一問，我啞口無言。因為無法直視他的臉，所以匆忙將視線往下移。從織田的襯衫領口之間，能窺見他的喉結。

「要多久……」

「你是真的想把影片做完吧？」

明明是我捉住織田的手，回過神時卻變成織田捉住我的手腕。這件事和織田無關，為什麼要用那麼嚴肅的聲音問我呢？雖然我想這樣問，卻發不出聲音。喉嚨顫抖的原因，是源自緊張還是恐懼呢？織田或坂上肯定不懂，被力氣比自己強的人壓制住是多麼恐怖的事。

「織田，你嚇到松尾了。」

坂上說完，織田的手放開我。「啊，抱歉。」織田隨即對我道歉。剛才的嚴肅態度已經從他身上完全消失。

「話說，要不要把影片做完是由松尾決定的吧？織田為什麼要說到這種地步？」

「那是因為……就那個嘛！因為我是松尾的粉絲。」

「感覺在說謊～」

「我有必要在這時說謊嗎？」

織田邊發出輕浮的笑聲，邊以拳頭輕輕打上坂上的肩膀。完全是我想像中的男性化交流方式。為什麼我就做不到呢？看著兩人，忽然有種自己被排除在外的感覺。

呵呵呵。

聽起來很成熟的笑聲，摻雜在織田和坂上的話聲中傳來。我抬起頭來，看見一位漂亮大姊姊朝我們揮著手。

她有著柔順的茶色秀髮，身穿類似襯衫的白色寬鬆上衣，搭配柔和的粉色裙子。如果我更懂女性服飾方面的知識，或許就能更具體地描述她穿的是哪一種款式了。

「好久不見，松尾同學。」

她朝我微笑地說著，而我知道她的名字。為了掩飾泛紅的臉，我慌忙挺直脊背。

「好久不見了，野口老師。」

「哎呀，在外面不必對我這麼恭敬。」

她微闔的眼皮上有著閃爍的珠光彩妝。雖然分辨得出她有化妝，但我完全不懂該用什麼彩妝和手法，才能化出這麼美的妝容。

「真麻！」

織田像大型犬一樣朝她直奔而去。坂上似乎從那聲甜蜜蜜的呼喚中領悟到什麼，揶揄地摩娑著下巴，發出「呵呵」笑聲。

「這就是織田的女朋友嗎？是個大美人啊。」

坂上單刀直入的發言，使野口老師的微笑變得更深。

「我是野口真麻，平常多謝你們照顧博也。」

「不不，是我在照顧這些傢伙。」

雖然織田發出抗議聲，但是被在場所有人無視了。

「但為什麼叫她老師？」坂上朝我歪頭。我壓低聲音回答。

「野口老師曾在我和織田國中時去的補習班打工。她現在應該是在讀大學二年級。」

「不過託你們的福，我已經辭掉那份打工了。」

悄悄話似乎被聽見了。野口老師特地告知現況。她現在是十九歲，比我們大四歲。雖然這個年齡差距是在他們開始交往之前的最大阻力……這對我而言也是有點苦澀的一段回憶，所以就先不提了。

「所以，為什麼織田自豪的女朋友會出現在這裡？」

面對坂上的疑問，織田莫名充滿自信地挺起胸。

「因為我昨天去拜託真麻，她說可以幫忙拍影片。原本是打算當作搭訕失敗時的備案。」

「等一下，我聽到了奇怪的詞。難道說，你原本打算讓松尾同學他們去做奇怪的事嗎？」

「不不不，豈敢豈敢。」

見面還不到五分鐘，兩人之間的地位關係已經十分明瞭。不過，我本來就知道他們是這樣的關係就是了。

「松尾同學不嫌棄的話，我願意為拍影片出一份力。」

野口老師如此說著，朝我露出笑容。女大學生野口真麻。假設她是我們團體成員的話，藝名大概會叫英氏[37]吧。我思考著這類完全不重要的事。

「話說回來你們在做 YouTuber 啊，松尾同學也很辛苦吧？」

「不會，現在樂趣大於疲憊。啊，但是今天要拍的影片和 YouTuber 無關，像是我個人的興趣。影片不會上傳到網路平臺，所以請放心。我會負起管理的責任，等到成品完工之後會將檔案傳給

37 野口英世，日本出身的世界知名細菌學家。

野口老師。」

「松尾同學很可靠呢。我聽到博也說要當 YouTuber 時也嚇了一跳。也有想過是不是因為我最近沉迷於 YouTube，所以對他造成影響。」

野口老師稍顯靦腆地說著。雖然她說得很含蓄，但原因八九不離十就是這個。因為織田是個單純的男人，肯定是看到野口老師沉迷於手機的模樣，燃起了嫉妒心。

我朝織田投去飽含揶揄的一瞥，織田慌忙把話題拉回去。

「話說回來，我覺得在噴水池前面拍最適合。」

「咦，為什麼？我覺得坐在長椅也不錯。你看，長椅後面也有水池。今天天氣晴朗，所以看起來很美呢。」

「不，不行，就要噴水池。」

織田不知為何雙手抱胸，非常堅持。雖然想反駁他說為什麼是由你來決定啊，又想到起初指定要來公園的就是織田。或許打從一開始他就計劃要在噴水池前面拍攝。

「話說，這不是松尾想拍的影片嗎？那織田來指定地點不是很怪嗎？」

坂上替我說出所有的內心話。但是這樣一來，反而讓我生出想替織田說話的心情。我悄悄抬眼瞥向織田。

「不，一點都不怪。因為真麻是我的女朋友。」

我收回前言。這傢伙就只是在我們面前公然放閃而已。就在織田被坂上踹了下屁股而露出苦笑時，一陣柔和的風從水池方向朝我們吹來。野口老師抬起白皙的手，按住隨風飄揚的髮絲。而後她彷彿察覺到我的視線，朝我揚起一抹意味深長的微笑。同一瞬間，夏目穩重的聲音在我腦海中響起。

『松尾同學，你很有才能呢。』

那個時候，夏目為什麼對我說出這些話呢？

因為把本間同學拍得很可愛？因為我有將本間同學的魅力呈現出來？

我注視著和坂上打鬧的織田。是織田的話，肯定比任何人都了解野口老師在哪種時刻會展現出最美好的一面吧。

「……我知道了。那就在噴水池前方拍攝吧。」

聽到我的話之後，織田和坂上停止打鬧。「可以嗎？」野口老師很意外地眨了眨眼。

「是的，因為我相信織田。」

「就是這樣。」坂上戲謔地翹起嘴角。織田則一言不發地默默抓了抓頭髮。

決定地點之後要做的就是拍攝準備。我先將素描簿和麥克筆遞給野口老師，請她寫下想呼喊愛的對象。然後我利用這段期間設置麥克風和攝影機。

野口老師想呼喊愛的對象，不是織田而是父母。她以黑色粗麥克筆在素描簿寫下的是「給父母」的字樣。

「那麼，要開始了——」

我透過攝影鏡頭注視站在正前方的野口老師。在她身後是噴水池飛濺的白色水花，頭頂上則是晴朗的蔚藍天空。以外景而言是最適合的景色。我調整著鏡頭焦距，尋找最佳的拍攝視角。織田和坂上則是站在我後面，安靜地守望著。

「三、二……」

最後的「一」沒有發出聲音。野口老師拿著素描簿的手加重力道。

「爸爸、媽媽。很抱歉在高中時期對你們說了很多任性的話。成為大學生開始自立打工之後，我才發現，對你們說的那些話真的很不講理。明明工作賺錢是很辛苦的事，我卻一直抱怨自己的意見沒有被你們接受。甚至還對你們說出『父母理所當然要為孩子付出一切』這種話。那時的我，真的是個非常不孝的女兒。」

說到這裡，野口老師暫停一下。雙眼泛起漣漪，微微顫動著。

「但是，我從來就沒有討厭過爸爸媽媽喔。雖然對你們抱持著感謝的心情，卻因為心緒很亂又覺得害羞，沒辦法坦誠說出來。所以，才想藉這個影片傳達給你們。謝謝，我最喜歡你們。衷心希望，你們能長命百歲。」

野口老師說完，露出一抹不好意思的笑容。來自女兒對父母的感謝話語，毫無疑問也屬於愛的範疇。

我停止錄影，朝老師揮手說「ＯＫ」。恢復活力的織田也同一時間朝戀人直奔而去。

「真麻，太感謝妳了。」

「小事而已。」

我悄悄錄下他們相視而笑的模樣。到他們交往滿一年的紀念日時，把影片當作禮物或許是個不錯的主意。織田本來就喜歡這種老套情節，收到後肯定會很高興。不過萬一他們在那之前分手的話……到時候就把影片刪掉吧。

「野口老師，謝謝妳。」

我微微低下頭去，走過來的野口老師溫柔地拍了拍我的肩。

「不用在意，因為我也很喜歡拍影片。我也會幫忙留意周遭有沒有想拍影片的人。」

「非常抱歉，讓妳費心了。」

「呵呵，因為我很喜歡為了做好某件事而努力的人。」

來自野口老師的那聲「喜歡」，感覺很美好又輕快。我的臉不由自主地變紅，織田則用明顯不高興的態度說著「妳別騙小孩啦」。但織田明明也一樣是小孩。

我將拍攝器材整理好收起，今天的攝影就到此結束。因為織田和野口老師理所當然地一起先走了，我和坂上兩個人結伴走出公園。

從公園通往車站方向的步道，是以紅褐色水泥鋪成的。一路上我的目光順著等距栽種的行道樹往前而去。

設置在樹根旁的白色標示板上寫著「日本黑櫟」。因為我沒調查過這種樹木，將來大概也不會去查，所以不知道是屬於哪種科屬。雖然用手機就可以隨意搜尋資料，隨時隨地都能查的優勢反而讓我失去動手搜尋的動力。

「真沒想到，織田的女朋友胸部還滿平的。」

我聽見坂上的發言後，震驚地停下腳步。完全搞不懂他到底是哪根筋不對勁才會這樣對別人的女朋友品頭論足。「怎麼？」坂上說著也停下腳步。如果我提醒他這樣會使人感到不舒服的話，會很破壞氣氛嗎？因為只有我們兩人，所以我應該忍住嗎？

「是、是這樣嗎？我不太會去注意女性的這個部分。」

「因為織田很常說他的理想型是D罩杯。這就是理想和現實的差距？」

「可能是因為，重要的是內在吧。」

「那傢伙明明可以揉自己女朋友的胸揉到爽，卻在合宿時跑去摸候補伙伴大吾的肚子，還說『C罩杯』喔？。」

「揉……」

我被坂上的露骨發言嚇得嗆到。坂上則是一臉無奈地俯視不停嗆咳的我。

「你真的超不習慣聊這種事呢。那你打手槍的時候要怎麼打？」

「那、那是個人最高機密。」

「咦～你和死黨都不聊這些嗎？黃金右手之類的？話說織田之前用VR看的色情影片真的超扯——」

「等、這種話題我真的很不行啦！」

「啊～好啦好啦。對松尾來說太刺激了嗎？」

「不是這個原因啦。」

什麼黃金右手，有夠蠢的。真要說的話，我當然有這樣那樣的自用私藏，但是並不想要和別人分享。

「松尾這樣的人也是少子化的原因之一吧。」坂上不知為何一副很懂的樣子點點頭，和你無關啦。

「我覺得是松尾反應過度。情色是生存需求，不分男女。所以不可以討厭瑟瑟。知道嗎？」

「我知道坂上是笨蛋。」

「你開始會嗆我了呢。」

「不可以嗎？」

「不會啊，我更不喜歡被刻意對待。」

我看著哈哈大笑的坂上，感覺到肩膀的力道逐漸放鬆。不喜歡的話可以直接說不喜歡，坂上不是會因此發脾氣的人。

「我真的很不喜歡開黃腔。以後這類話題都禁止。」

「懂啦。之前也因為這樣被織田罵過。」

「換個比較有趣的話題吧。話說，最近『ＰＳＯ２』[38]不是有更新嗎？」

38　夢幻之星 Online2，日本 SEGA 營運的免費網路遊戲。

「啊～我只看過有更新的新聞而已。」

我提起新的話題之後，坂上率直地往下聊。對我而言比起女性相關話題，還是討論遊戲更快樂。

就在我們聊著近期的熱門遊戲時，我的手機震動了一下。原來是YouTube的APP通知。通知內容是投稿的實況影片下有新留言。

『**男高中生彼此互毆啦——！【大亂鬥】**』

觀看次數：55次・2019/06/10

○於打烊時分開始播放　1分鐘前

『**這影片好有趣。**』

用戶名稱旁邊的紫底預設頭像，看起來明顯是追喜好影片用的帳號。有人留言了，是頻道的第一個留言！因為難以壓抑雀躍的心情，我把手機畫面秀給坂上看。

「有人來留言了！」

坂上愣了一瞬，視線掃過留言內容的同時臉上也逐漸浮現笑容。

「喔喔，幹得好！而且這個人好像還滿喜歡的。」

看知名YouTuber的影片時，很容易產生任何影片都會受觀眾稱讚的錯覺。不過，事實並非如此。原來獲得他人稱讚，能讓人這麼有自信心。零和一之間的差距，竟如此不同。

「這條稱讚，雖然對YouTube來說是一條小小留言。對我而言卻是相當大的一個稱讚。」

坂上聽到我脫口而出的感想後，笑著說：「真是和登上月亮差不多的名言[39]呢。」

39 意指松尾用了人類首次登月的太空人阿姆斯壯的名言梗：That's one small step for a man, one giant leap for mankind.（這是個人的一小步，也是全人類的一大步）。

第三章

『【Hikari】諾斯特達拉姆斯和重大預言（彈唱聊天）』
觀看次數：1,208次・2019/07/13
——所以啊，世界還是應該明天就毀滅。
在自家房間唱原創曲的事，對爸媽是保密事項。Twitter點這裡。

「開會啦——！」

織田宛如房間的主人，提高聲音喊道。七月十三日星期六，天氣晴。大家今天也一如往常地聚集在我房間，以非常悠閒的放鬆姿勢轉頭看向織田。我和坂上、織田和夏目，以隔著桌子二對二的位置面對而坐的原因，就是為了開這場會。基本上是這樣。

夏目從剛才開始就拿著我借給他的筷子吃著洋芋片，坂上「咕嚕嚕」地喝著哈密瓜汽水。而我獨自默默地消滅著先前在超商買的小泡芙。雖然說好是大家分著吃，不知為何卻變成只有我在吃的狀況。

「好～從我們開始上傳影片到現在，已經過差不多一個半月。松尾同學，現在狀況如何？」織田用煞有其事的語調說著開場白。

「你這是什麼語氣？」

「不是，就覺得這樣比較能營造氣氛。」

我聳聳肩，把手機放在桌面上。

「看，這就是至今為止上傳的所有影片。」

手機螢幕顯示出的，是頻道管理者才能看見的後臺頁面。坂上和夏目都向前傾身，湊過來看手機畫面。

『請大聲呼喊愛吧』

目前訂閱人數　82人

影片列表

『四個現任男高中生聚在一起打遊戲！【瑪利歐賽車】』

觀看次數：106次・2019/05/27

『男高中生彼此互毆啦——！【大亂鬥】』

觀看次數：515次・2019/06/10

『男高中生一起玩懷舊遊戲瑪利歐派對2！Part1』

觀看次數：91次・2019/06/17

『男高中生一起玩懷舊遊戲瑪利歐派對2！Part2』

觀看次數：73次・2019/06/24

『拿蜥蜴模型給野生貓貓看之後牠飛高高了！』

觀看次數：8.5萬次・2019/06/27

『男高中生一起玩懷舊遊戲瑪利歐派對2！Part3』

觀看次數：65次・2019/07/01

『男高中生一起玩懷舊遊戲瑪利歐派對2！Part4【完】』

觀看次數：42次・2019/07/08

「……但、為什麼最有人氣的是貓的影片啊！」

織田用彷彿下一秒就要翻桌的氣勢，如此大喊一聲。雖然我房間的這張不是摺疊矮桌，而是普通桌子。最心虛的部分被點出來，我「哈哈哈」地乾笑幾聲。

「觀看次數八萬還滿不錯呢～」夏目拉長語調說著。聽得出沒有惡意，但還是對我的良心造成一記重創。

遊戲實況影片的更新時段是固定在每週一晚上七點。不過，為了轉換心情，我在下一次更新之前還上傳了趣味性的影片。然而我完全沒想到，散步途中隨手一拍而且沒有後製的貓影片會獲得這麼高的觀看次數。

「好吧，先不管貓影片，來看其他影片的數據吧。」

織田說完後，我點開數據分析頁面。顯示在「預估收益」、「預估廣告收益」、「預估營利播放次數」等折線圖下方的，是各影片的預估收益金額。若想實際拿到收益，頻道訂閱人數和觀看次數就必須達到規定門檻[40]。

這個只有帳號管理者才能觀看的頁面裡，記錄著種類繁多的資訊。看「裝置類型」的觀看次數，就能得知手機是壓倒性的第一名，接下來依序是平板、電腦、家用遊戲機、電視。也可以得知觀眾是以哪種管道在觀看影片。

在我們的影片中觀看次數最多的是大亂鬥實況，似乎是因為有出現在其他遊戲實況主的影片推薦觀看欄位。瑪利歐派對實況影片的觀看次數則逐漸下降，是因為屬於系列作吧。Part1 和 Part2 的觀看次數比起來其實下降得並不多，也是需要注意的現象，續作性質的影片有人在看就表示有確實吸引到粉絲。

「雖然是我個人意見啦，不過我們的實況影片比隨便一個實況主都更有趣對吧。因為後製很厲害。」

聽到坂上的意見後，我不以為意地揑起一片洋芋片。沒錯，我也覺得影片做得並不差。只是因為沒有受到注目而已。

40 內文描述的應該是舊版的狀況，和現行不同。

「總覺得觀看次數應該能再多一些吧～」

「發在NICO動畫搞不好會有更多觀看次數。」

我的發言，使其他三人都露出疑惑的模樣。話說回來這三個人都沒有看NICONICO動畫的習慣。我連忙補充說明。

「NICONICO動畫的特色是可以在影片打文字彈幕，還有排行榜頁面。我不知道現在狀況如何，但是以前很多使用者進去後第一個動作就是看排行榜，所以新上傳的影片在以前也會有很高可能受到矚目。」

「Youtube也有發燒影片頁面啊。」織田說道。發燒影片雖然沒有公開過排行依據，不過觀看次數和流量增加率都是上榜重點。簡而言之就是以流量增加率為考量，營造出容易產生新星的環境。

「Youtube雖然有發燒影片排行，但已經飽和了，基本上想擠進排行是很難的事。從這點來看，以前的NICO動畫具備了讓用心製作的影片能獲得評價的土壤，以及許多重視品質勝過更新速度的使用者。不過，新人的影片很難被注意到，這一點無論在NICO動畫還是Youtube都一樣。」

「我們的影片是哪裡不好啊？」

坂上大嘆一口氣，隨之而來的是沉默。劈開房間內沉悶凝滯的氣氛的，是織田面無表情的提問。

「今天早上，車站站內的蛋糕店生意很不興旺，是因為蛋糕做得不好吃嗎？」

「啊？」

他究竟在說什麼？似乎不是只有我搞不懂他在說什麼，夏目和坂上也是一臉疑惑。

距離我家最近的車站站內攤位，每週會替換一次商家。有商家熱門到在開店之前就排起至少要等半小時的隊伍，也有商家冷門到商品賣不完，讓人覺得很可憐的程度。今天早上看到的就屬於後者。

「可能就是不好吃吧？不過我沒吃過。」

坂上如此回答著，織田倏然伸手指向他。

「既然沒吃過，表示坂上沒買過那家的蛋糕對吧。為什麼？」

「你的問題很奇怪耶。就是沒買過所以才沒吃過。」

「所以，也不會知道那家店的蛋糕好不好吃對吧？只有買來吃看看才能判斷那家的蛋糕好不好吃。但是，因為坂上沒有吃、也沒有買。」

「嗯？你現在在說什麼？」

對話彷彿禪宗打機鋒一般。想必坂上的腦中一定充滿問號，我輕輕按住他的肩膀出聲解圍。

「織田想表達的是，商品本身的品質和銷量好不好是兩回事吧？商品的價值，是在賣給客人之後才會知道。所以，即使那家蛋糕店販售的蛋糕非常好吃，然而在一個蛋糕都沒賣出去之前，這個事實就不會有人知道。無論品質多麼優良，不想辦法讓客人買下的話就無法傳達給他們。」

「這和影片是相同狀況，我們不是因為影片有趣才看影片，而是覺得很有趣才去看。要到看完之後，才會明白那個影片很有趣。」

雖然坂上還是完全搞不懂的樣子，但至少織田想表達的重點已經傳達給我和夏目了。

織田用手指朝我的手機側面一彈。白色的iPhone隨之在桌面上旋轉起來。

「知名YouTuber的影片為什麼能維持熱度，我想是因為他們有作出成就。上傳許多影片讓大家知道並相信這個人很有趣。然後這份信賴，會促使他們去看這個人的影片……但是我覺得，想要以內容作為判斷依據，算是創作者的私欲吧。內容當然很重要，不過更該思考的是怎麼做才能吸引觀眾的注意力。」

「織田你說得好像很簡單……」

我的視線落在自己的手腕上。那裡殘留著手指形狀的些許痕跡。似乎是我無意中抓住自己的手所造成的。

織田邊直盯著我，邊以修長的手指敲了敲我的手機。

「懂了嗎？按照剛才說的理論，觀看次數很少不代表影片做得不好。明明是好作品，但只是被埋沒而已。正因為是松尾花費這麼多努力做出來的影片，我想盡可能讓更多人看到。為了達成這個目的，我打算用上所有能用的方法。」

「很像壞蛋會說的發言耶～」

夏目以用手撐著臉頰的姿勢輕笑著，臉頰被手掌往外拉扯，變得像是在《愛麗絲夢遊仙境》裡登場的柴郡貓。「最後那句只是修辭啦。」織田誇張地聳一下肩膀。

「我想把暑假定為YouTube強化月。比起系列，盡量多錄一些單回用的影片。增加不同的實況方式，嘗試遮住臉的真人實況可能也不錯。總而言之要進行多方測試，直到找出最適合的實況方式。或許也可以試試找有空的人一起直播。像我和坂上這種不認真的籃球隊員，暑假幾乎沒什麼訓練。」

「等一下等一下，我還有打工。」到剛才為止都像個局外人的坂上突然插嘴。這麼說來坂上的確是在拉麵店打工。

織田不服氣地挑起眼角。

「反正你打工賺的錢都消失在手遊抽卡了吧。」

「那個是那個，這個是這個吧。」

「哪個又是哪個啊。」

織田噘起嘴。坂上最近沉迷於名為《Fate/Grand Order》的手機遊戲，似乎還節省午餐費用去抽卡。自己賺的錢要怎麼使用是個人自由，對此我無話可說。

「如果坂上不在的話，就以少人數來拍實況也可以吧？也不必強制每次都一定要四個人在場。我想和松尾同學一起拍雙人遊戲實況～之前你推薦的那個叫『汪達與巨像』的遊戲也非常有意思呢。感覺我和松尾同學在興趣方面很合得來。」

「我倒是比較想看夏目和織田的雙人實況。比如夏目第一次玩最新版的瑪利歐，然後織田在旁邊吵吵鬧鬧，一定很有趣。」

「松尾同學有沒有什麼想玩的遊戲？最近有興趣的遊戲之類的。」

「遊戲的話，我對所有遊戲都有興趣，不過近年的遊戲和老遊戲比起來要花很多時間才能打完，所以有很多買來之後還沒玩過。因為時間不夠用。」

「那麼，就用那些遊戲來拍實況吧？能兼顧興趣和實際利益也不錯。我想看松尾同學單人的遊戲實況～」

「不行不行，我絕對不要一個人玩遊戲。」

當我正在思考想拍的東西時，意識到在四個人之中有一個妨礙者——假如沒有那個人，我們的影片觀看數會不會變多呢？

啪！織田將雙手一拍。我聽到拍手聲，驟然發覺自己沉入了思考的海洋之中。

「那麼，今天也來拍吧。」

「了解～」

我們遵從指令，急急忙忙地各就定位。1P是織田、2P是坂上、3P是夏目、4P是我。如同搞笑團體有各自的站位一樣，我們「請大聲呼喊愛吧」也有固定的順序。

坐在我隔壁的夏目，還不太懂Playstation 4的手把該怎麼拿，為了找到最適合的手指握法而陷入苦戰。

「握法是這樣。」

我捏起夏目的右手食指，放在R按鍵的位置上。「不對，那傢伙絕對知道握法。」織田不知在嘀咕什麼，被夏目當成耳邊風。

「一直以來謝謝你～松尾同學。」

「不客氣。」

和夏目的對話總是平穩舒適，他與織田和坂上不同，散發著獨特的友善氣息。雖然身為學長，卻會積極向人搭話，也很喜歡被搭話。

不過，我把以上感想告訴織田後，得到的卻是織田皺眉回答：「夏目只有在你面前才會裝成那麼乖的樣子。」而夏目也用一臉無辜的表情回敬：「我只是在飾演想讓別人看到的樣子而已啊～」這兩個人意外地還滿搭的。

我默默地抬眼，看著塞滿櫃子的遊戲軟體。如果要拍織田和夏目兩個人的遊戲實況，究竟該選哪個遊戲呢？光想就覺得很愉快，做這兩人的實況影片後製一定也是很愉快——如果是這兩個人的實況影片？

我在興致高昂的同時也刻意忽視了如影隨形的不安，按下麥克風開關。

「那麼，先從調整音量開始吧。」

在四個人之中，有一個妨礙者。這狀況從很久以前就開始了。

——我覺得，如果這裡沒有我在的話會更好。

在三人離開之後，房間忽然安靜下來。這是第幾次覺得孤單呢？我自然地露出苦笑，邊朝床鋪躺下，仰臥著滑手機。從長方形手機背後照過來的螢光燈光線十分刺眼。

我點開YouTube，確認個人興趣用帳號的訂閱內容有沒有更新。我相當喜愛的Youtuber們的影片整齊地排列於頁面上。在每一個影片縮圖下方顯示著觀看次數。在開始投稿影片之前不會去注意到的資訊，自行流入我的視網膜中。

我閉上雙眼，深深地吐出一口氣。經過數次深呼吸之後，我緩緩抬起眼皮。以冰涼指尖點一下手機螢幕之後，看到Hikari的頻道有新上傳的影片。是新歌。上傳時間是十一小時之前，然而觀看次數已經破千。她的影片都會成長到約四千多次的觀看次數。如果翻唱流行歌曲，然後在影片中露臉唱歌的話肯定會獲得更多觀看次數，她卻固執地不肯這麼做。

我點下三角形的播放鍵，櫻田同學的歌聲隨即填滿這狹小的房間。

「寫在連絡簿上的評語　來聽聽別人怎麼說吧
但是無論側耳傾聽多少次　都沒有人注意到我的聲音
無法衝破的終點線　慢吞吞的跑步測驗
每天都像地獄一樣　連叫喊都不被允許
即使對那個人說我有在努力　也會被說其他人更努力啊
已經無法再更努力的我　是不是不配活著呢？

指示音響徹平交道　紅色是停止的信號
如果試著鑽過柵欄　我可以變成某人嗎？
如果明天世界毀滅該有多好　那我想買光所有蘇打餅
點上四十六億支蠟燭　為你獻唱生日快樂
在此處等待世界的最後一刻　獨自一人　持續等待著」

櫻田同學寫的歌詞，大多散發出陰暗的氣息。可以說是頹廢，也可以說是悲觀。對生存的厭惡感，就是構成她創作動機的基礎。她這一點從以前開始就沒變。

我垂下眼睫，眼前浮現的是織田和野口老師的臉。毫無疑問地，促使他們心意互通的人就是我們。是我和櫻田同學。

『流行的戀愛歌曲之類的，是我最不拿手的類型。也不喜歡開朗的歌曲。』

櫻田同學曾在聊起音樂相關的話題時露出愁苦的表情，如此說道。

櫻田同學現在在做什麼呢？上高中之後有參加社團嗎？或者，仍舊是獨自一人默默地持續創作歌曲嗎？

我緩緩闔上雙眼，將注意力放在聽覺上，繼續聆聽櫻田同學的歌聲。我覺得櫻田同學真的很有才華。然而，不曉得我本身是否具備衡量他人才華程度的能力。

成為高中生之後的第一個暑假。在這值得紀念的第一天，織田約見面的地點是一間以老房子改裝而成的時髦咖啡館。入口豎立著色調高雅的展示立牌，上面以分辨不出是哪種語言的文字書寫著店名。大概是有著某種時髦含意的詞吧。

「Flocon de neige，在法文中是雪之結晶的意思。」

站在我旁邊的夏目，指著立牌說。夏目今天依舊也穿著和服當外套，卻和咖啡館的風格很協調。因為織田要和交往中的戀人野口老師一起過來，所以我和夏目是在距離咖啡館最近的車站會合之後一起過來。順帶一提，坂上因為要打工而缺席。

「夏目同學會法文？」

「怎麼可能，是為了不走錯，所以昨天有上網查過。」

「還有其他有用的情報嗎？」

「嗯～店內二樓是展覽空間，然後目前展出的單位是大學美術社團。有時間的話可以一起逛。」

「美術社團啊。」

加入美術社繪畫的人，加入文學社寫小說的人，全部都屬於創作者。擁有創造出作品的能力。那麼，在他們之中又有多少人能獲得成功呢？話說回來，什麼樣的狀況才算是身為創作者的成功呢？

「松尾，上大學之後要不要加入落語研究社之類的？一起進同一間大學吧。」

「咦，怎麼突然說這些？」

「沒什麼，就是覺得和松尾一起讀大學會很有意思。」

「你這些話應該去和女朋友說比較好吧。感覺本間同學能和夏目同學在一起應該會很開心。」

「因為佳代不打算讀大學嘛～她將來想成為婚禮企畫師，所以會去讀那方面的專門學校。我讀哪間大學都行，不過父母一直吵著叫我一定要讀四年制的大學。」

原來本間同學已經決定好將來的志向，反觀我則是從來沒考慮過這方面的事。

「雖然讀同一間大學可能會很開心，但是對我而言，就算讀不同大學也能維持一起相處的關係，才是最令人高興的吧。因為，像這樣聚在一起玩遊戲真的很有趣，所以不希望只是短期的關係。」

我運動鞋的鞋尖是稍微朝上翻的造型。當我看見鞋尖那抹黃色倒映在立牌上的模樣時暗自不安起來，思考著會不會太過張揚。同一時間，夏目也伸手將我的頭髮亂揉一通。

「討厭～松尾真是個好孩子～心靈被淨化了。」

是夏目久違的母性模式。做出害羞的反應會讓狀況變麻煩，所以我忍不住皺起眉頭。

「你們別在店門外吵鬧啦。」

店門從內打開的同時，圓弧形的門鈴響起喀啷喀啷的聲音。從門後探出頭來的，是頭髮造型抓得比平時更講究的織田。

「嗨～」夏目一隻手仍然放在我頭上，另一隻手揮了揮。織田看見靠在一起的我們後，眼神明顯變得銳利。雖然沒做什麼虧心事，但我還是慌亂地開口對他說：「原來你們已經到了啊。」岔開話題。

「十分鐘以前就到了。快點進來。」

受到催促，我們依言踏入店內。內部裝潢看起來遠比店面外觀更加嶄新美觀。率先映入眼中的是大型吊扇。吊扇掛在挑高的天花板上，螺旋槳式的四枚扇葉安靜地旋轉著。牆壁上四處裝飾著不同顏色的瑪麗蓮夢露，大概是現代藝術的表現方式。感覺好像在美術課本上看過這些畫。安置在角落的書架上擺滿老電影的小冊子。從店內所有的裝潢中，能感受到強烈的特定風格。

「歡迎光臨。」

朝我們打招呼的，應該就是這間咖啡店的店長近藤先生。從那頭混著白髮的頭髮，能看出他的年紀大概有五十幾歲吧。眼鏡是纖細的圓形鏡框，醞釀出一股文豪般的氣氛。

「真是不錯的打扮呢。」

近藤先生說的，十之八九是指站在我旁邊的夏目。夏目似乎也習慣被如此稱讚，乾脆地答謝：

「多謝讚美。」

「我從前也對和服抱持著憧憬，但還是敗在方便性上。」

「穿習慣之後意外地很輕鬆喔。而且穿和服的話會受歡迎。」

是因為夏目長得很帥才會受歡迎吧。或許是我的想法反應在臉上，近藤先生轉向我說：「受不受歡迎也要看穿的人對吧？」對我笑了一下。

「你就是松尾同學吧。我聽說了，希望能幫上忙。」

「啊、那個，請多多指教。」

我連忙朝他鞠了一躬。近藤先生輕輕揮揮手說：「不用這麼緊張。」店內沒有其他客人，只有我們。因為我們沒有包場，似乎單純是沒有其他客人上門。

我和夏目朝位於野口老師與織田對面的沙發落座。近藤先生過來確認我們想點的飲品之後，消失在店內深處。我點的是香蕉汁，夏目則是薑汁汽水。順帶一提，野口老師喝的是檸檬蘇打，織田是冰咖啡。

今天，我們聚在這間咖啡館的目的是拍攝近藤先生的影片。他是野口老師特地找來的同意拍影片的人。她和近藤先生相識的契機，似乎是在大學的社團活動。

「看，這裡的二樓是展覽空間對不對？因為場地費很經濟實惠，所以頗受學生歡迎。我參加的美術社舉辦的季節展，就是租這裡的展覽空間做展出。」

「租這裡的展覽空間啊。」

沒有客人光臨的咖啡館能持續經營，可能是因為有出租展覽空間的收入。這樣說來，平時在路上看見的個展幾乎都是免費入場，但是場地當然需要花錢租借。那麼不販售作品的個展，展出者在支出方面就是赤字。即使如此，還是有許多人為了將作品展示給他人欣賞而願意花錢。大家都希望讓自己的作品為人所知。

「美術社很有意思喔。松尾同學成為大學生之後要不要加入看看？感覺會很適合你。」

夏目不知為何，在聽見野口老師說的話之後鼓起臉頰說。

「松尾要和我一起加入落語社，所以不行～」

「不對，我連要去哪一所大學都還沒決定呢。」

「話說，夏目上大學之後要加入落語社？我還以為你會去輕音社。」

「我不打算在上大學之後繼續玩音樂呢。我進輕音社，只是因為校內沒有落語社而已。」

「因為這樣才去輕音真的很夏目耶。」

「嘿嘿。」

「不是在稱讚你～」

野口老師聽著織田和夏目的鬥嘴，發出輕快的淺笑聲。

「夏目同學和博也之間的關係真是不可思議呢。因為他們看起來是不同類型，而且沒什麼共通之處。」

「這麼說的話，織田和松尾同學也很不可思議呢。這兩個人的交情為什麼會這麼好？」

「啊，因為他們是童年玩伴，國中也讀同一所……」

野口老師說到這裡，彷彿想起什麼似地笑了一下，夏目顯露出好奇心：「怎麼了？這反應會讓我很好奇。」

「沒什麼，只是想起博也向我告白的時候，還是靠松尾同學他們幫忙呢。」

「大叔我最愛聽這類關於交往契機的話題了。」手持托盤的近藤先生開口說話。他在將飲品放在我和夏目面前之後，稍微坐上旁邊的椅子。這是代表他今天的店內工作已經結束了嗎？

織田本人則是擺出一副彷彿非常想說「咦～想知道我們是怎麼開始交往的嗎？」的雀躍模樣。因為他笑得太讓人不爽，我忍不住以鞋子前端磨蹭地面。

「其實呢，一開始是博也先來向我告白，然後我拒絕了他三次。畢竟當時可是大學生和國中生，不可能會答應吧。」

野口老師開口說起當時的情況，大家都認真聽著。但是對我而言是不需要再聽的內容，所以我靠上沙發椅背，發出聲音，吸著香蕉汁。

那是臨近高中入學考試的冬天，我和織田在住家附近的同一間補習班上課。在那間補習班擔任約十五位學生的團體英語班老師的人，就是當時就讀大學一年級的野口老師。

那時野口老師因為是年輕貌美的女講師，頗受學生歡迎。正值躁動思春期的國中男生當然都很喜歡她。追野口老師的男學生就有好幾位，但是全部都悲慘地被拒絕了。聽說野口老師拒絕的話是「抱歉，我覺得對學生下手是不對的行為」。太有道理了。所以我聽完之後，更加喜歡野口老師。

織田也是慘被拒絕的其中一名男學生。他似乎做了很多努力，悄悄打聽連絡方式，或是送對方禮物等等。當時織田正處於身高突然抽高的時期，變聲期也已經結束，一口氣蛻變為接近成人男性的模樣。個性開朗的他很受同年紀的女孩子歡迎，不過野口老師也相當有人氣。她難以攻陷的程度，堪比固若金湯的城池。

於是織田屢戰屢敗，最後抬出來的救兵就是我和櫻田同學。那是國中三年級的十二月，考生們開始緊張的時期。在某個原本早該踏上歸途的放學後，我和櫻田同學被織田約到三年一班的教室見面。

「謝謝你們今天答應過來。來來，先坐下。」

我們被織田催促著，在連名字都不知道的學生座位上相鄰而坐。已經收拾完畢要回家的櫻田同學甚至揹著吉他盒。約我們見面的織田本人，則是盤腿坐在他自己的椅子上，完全不像有事要拜託人的態度。

「松尾同學說『雖然不清楚原因，但織田希望妳過去一趟』……為什麼把我叫來這裡？」

櫻田同學開口第一句就是提問。也難怪她會有疑問，畢竟這算是櫻田同學第一次見到織田本人。

「啊，其實，我有事想拜託你們。」

「有事拜託我們？」

櫻田同學抱起雙臂，擺出警戒姿勢。我連忙仿效她，擺出抱起雙臂的姿勢。

「不是不是，別擺出那麼反感的表情。其實是，我想向人告白。」

「那跟我無關吧？不過話說回來，織田同學之前不是在跟一班的三田交往嗎？然後前前任是七瀨，更前任是——」

「停、停！關於前任就先放水流吧。」

櫻田同學折著手指細數織田的歷任女友，織田則慌張地出聲阻止。雖然我早就知道織田和每一任女友都不長久的傳聞，不過櫻田同學為什麼會知道得比我詳細呢？女性的情報網真可怕。

「沒錯，我是有好幾個前女友。不過，和每一個人交往時都是認真的。而且明明是我先被告白才開始交往，卻都是我被甩掉。」

「為什麼會被甩？」

「我哪知道為什麼……唉，不過每次都會被說『感覺你和男性朋友在一起的時候更高興』之類的。」

「哈，被甩活該。」

櫻田同學的毒舌絕佳發揮中。因為在她眼中，情侶和受歡迎的人就宛如蛇蠍一般討厭。

「這個理由聽起來很不可思議。和朋友相處愉快，不是好事嗎？」

我發出疑問，櫻田同學很得意地解釋。

「這很簡單啊。想和織田同學交往的女孩子大部分是很有野心的類型，希望對方把她們放在第一順位，所以不能接受男友把同性友人看得比女友更重要。」

「喔～原來如此。」點頭的我和織田同時發出感嘆。感覺上了非常解惑的一課。

「所以你想告白，和我們有什麼關係？」

「不是，因為我已經跟對方告白過三次，三次都被拒絕了。」

「一聽就沒希望嘛。」

「不過，我無論如何都不想放棄，所以想用唱歌來告白。」

當時櫻田同學聽見後的表情，真的很精彩。那句「表情難看得像吃了一隻苦蟲」的俗語簡直是為這一刻而生。櫻田同學毫不掩飾不悅，交疊起雙腳。

「我啊，一直都超討厭這種事，像快閃告白或製造驚喜那一類閃閃發光的概念都應該從這個世界上滅絕。我超不能接受，完全不應該存在。」

「我沒有想找很多人一起唱喔？只是想做一首告白歌而已。」

「話說回來，為什麼要找我幫忙？」

「因為松尾說過櫻田同學做的歌超讚。」

「原來是你害的！」

櫻田同學往我的肩膀「咚」地打了一下。完全沒有使力，只空有架式。但我還是感到恐懼，當場僵住。

「櫻田同學的外表看不出個性這麼暴力耶。」織田笑著說。一點都不好笑啦。

「這麼說來，我是對織田炫耀過……抱歉，因為我的關係讓妳被奇怪的傢伙纏上。」

「喂喂，奇怪的傢伙該不會是指我吧？」

「這裡又沒其他人在。」

「一點都不怪吧，我很正經。」

正經的人才不會委託同年級生製作告白歌。不對，倒不如說因為是正經的人才會來委託？

「原來，松尾同學稱讚過我啊～」櫻田同學佯裝不在意的表情。剛才的怒火似乎是她為了掩蓋害羞而作出的反應。任何人都喜歡自己的作品受到誇讚，尤其是自己真心想做的作品。

「對啊對啊，而且是強力稱讚，誇櫻田同學是天才。」

「等一下，你別隨便爆料啦。」

「喔～誇我是天才啊，嗯～嗯～」

「所以希望如此天才的櫻田同學，能為這封情書做首曲子。」

織田迅速拿出來的，是兩張一組的信箋。寫了什麼呢？我和櫻田同學都湊過去看信箋上寫的內容。

「我開口說喜歡的聲音滿是顫抖
妳開口說不行的聲音則十分冷靜
我年紀還小　不像妳已經是個大人
喊妳「老師」的我　在妳眼中可能只是個小鬼頭
雖然是個不學無術的笨蛋　對妳的喜歡卻是認真的
絕對不讓妳感到後悔　絕對會一直喜歡妳
所以想請妳給我　唯一一次的交往機會
希望這首傳達喜歡心情的歌　能唱得非常動聽

因為無論何時何地　都想用最佳狀態對妳傾訴愛意」

真是夠了，拜託饒了我。我要怎麼冷靜地讀朋友寫的情書啊？織田是怎麼做到心平氣和地把這東西拿給別人看的？

相較於滿面通紅、渾身顫抖的我，櫻田同學用十分認真的表情盯著信箋看。

「怎、怎麼樣？」

我戰戰兢兢地問著，櫻田同學將靠在椅子旁邊的木吉他從盒子取出。當她以彈片輕輕刷過吉他弦，一串閃爍的樂音從指尖紛然滾落。

「我開口說喜歡的聲音滿是顫抖

妳開口說不行的聲音則十分冷靜」

編織出的句子，從她口中傳出的瞬間化成了歌曲。好了不起，我傻傻地想著。那詭異的甜言蜜語和過於直白的訊息，竟然在配上音樂的瞬間洗去笨拙，昇華成歌曲了。

「好厲害——！」

我躊躇著無法說出的感想，織田卻能乾脆地脫口而出。他睜大的雙眼閃閃發亮，我對織田的坦率個性抱持著羨慕之情的瞬間，真的多到數不完。

「也沒那麼了不起啦。」櫻田同學邊說邊以手指將瀏海撥到一旁。

「完整度和品質先不提，把這篇文字作成歌曲對我來說是做得到的。織田同學再將歌曲改編成自己覺得不錯的感覺唱出來就好。然後呢，再由松尾同學錄成影片。」

「改編成不錯的感覺也太難了吧？」

織田不由得吐出舌頭。櫻田同學故作姿態地搖搖頭。

「假設，我今天作這首曲子是用來報名歌手甄選的，我可能會帶回家好好做完。但現在不是啊？我替織田同學作這首歌，是看在松尾同學和你是朋友的份上，不然我根本沒義務把今天放學後的時間用在你身上。」

「喔喔，說話好直接。不過妳願意像這樣幫忙做，真的很謝謝妳。哎呀～真是要感謝松尾。」

「你該感謝的是我吧，松尾同學也是。」

「真的非常感謝妳，願意為這傢伙拔刀相助。」

我深深低頭鞠躬後，櫻田同學露出滿足的笑容。

雖然織田輕易地做出這種請求，但櫻田同學能這樣即興作曲，是她努力不懈至今的成果所賜。在看似十分輕易的舉止背後，存在著她付出過的所有時間。

「之後再請妳吃東西，當然是織田出錢。」

「怎麼是我？」

「那是應該的。」

櫻田同學無視我和織田的鬥嘴，以彈片撥響吉他弦。她看著歌詞不斷調整旋律。如此三十分鐘後，就譜出簡短的歌曲。

「要在哪裡拍影片？」

聽見櫻田同學的提問，我疑惑地反問。

「哪裡是指？」

「告白的話，不就是要認真選一個好地點嗎?可以用我跟松尾同學之前聊過的候選地點喔。比如科學博物館的天文館，或植物園的薰衣草田、水鴨池公園的噴水池。」

這些只是我為了拍和櫻田同學合作的「請大聲呼喊愛吧」PV挑出的候補地點。織田或許是察覺到我明顯不高興，又或者懶得換地方，於是指向教室角落，以明朗的語氣說「在這裡拍就好」。

「看，放學後的教室不就很有氣氛？」

「織田同學覺得好的話就好。」

於是櫻田同學和織田為了將演奏和歌聲搭配起來，練習很多次。雖然櫻田同學說出「就算織田同學唱錯拍，我也能配合他」這般聽似簡單的話，但在我這個音痴眼中，無論是能把剛聽過的曲子立刻唱出來的織田，還是瀟灑地彈著吉他的櫻田同學，都是厲害到不行的人。

「那麼，開始拍吧。」

以櫻田同學的話為信號，我們開始進入錄影。用來錄影的不是我平時使用的攝影機，而是iPhone的錄影功能。因為錄完之後可以立刻將影片傳給野口老師。

我調整畫面，讓織田在正中央的位置。抱著吉他的櫻田同學則是在他後方朦朧地入鏡。

因為必須傳達開始錄影的信號，為了讓他們清楚看見，我豎起左手的三根手指。

「三、二……」

數到一的時候不發出聲音，是從廣播社的學長那裡學來的。

織田發出「咳咳」的聲音清了清喉嚨。即使隔著螢幕，也能感受到他有多緊張。

「我想把這首歌，送給真麻老師。」

如此說著的聲音些微顫抖。面對和平時不同的織田，連我也覺得有點心跳加速。織田這麼手足無措的樣子很罕見。

「我開口說喜歡的聲音滿是顫抖
妳開口說不行的聲音則十分冷靜」

或許是在KTV鍛鍊過的關係，織田很會唱歌。雖然他平時講話的聲調是明朗偏高的，但在唱歌時會變得有點低沉。是典型的帥氣聲音，也就是俗稱的帥哥音。

也許織田受歡迎的原因就是源自他的帥哥音吧，我暗自想著。聲音具有魅力的人，單就這點也是一種才能。

或許是聽見歌聲的緣故，在教室靠走廊那一側的窗戶外，有幾位學生朝我們的方向探看。而且他們都露出認真聽歌的神情，沒有任何人做出潑冷水或妨礙的行為，使我感到很驚訝。

當彈奏結束後，圍在外面的學生紛紛舉手為我們送上掌聲。織田以害羞的表情低下頭，櫻田同學則是轉身背對觀眾，將自己的臉藏起來。我確認過整首曲子都有拍進去以後，將影片用LINE傳給織田。

——然後，那一天唱的歌所帶來的結果，如今就在此處。

獨自一人從八個月之前的回憶世界中穿越時光，回到當下的我，仍然手握透明玻璃杯、坐在有點硬的沙發邊緣。織田與野口老師並肩而坐，夏目和近藤先生則是在對話間不時加入一兩句炒熱氣氛的發言。香蕉汁黏稠的甜味在口中擴散開來，經由喉嚨落入食道之中。

「我真的嚇到了。居然為告白作一首歌，我還以為這是影劇或漫畫裡才會有的情節呢。」

野口老師將手放在唇邊輕笑。織田和野口老師開始正式交往，是在拍完那支影片幾個月之後，我們舉行畢業典禮的那一天。等織田正式成為高中生才開始交往，可能是因為野口老師自己的底線吧。

「所以松尾是兩位的邱比特呢。」

將一頭飄逸黑髮以髮圈隨意束起的夏目沒有轉頭，只移動眼珠朝我看來。我頓時被他側臉的美麗輪廓迷住，心跳稍微亂了幾拍。夏目的美貌甚至足以輕鬆超越性別這無趣的隔閡。

「我沒做什麼。真正厲害的人是櫻田同學才對。」

「能做到即興譜曲非常了不起。」近藤先生深表同意地頷首。

「當時，我還以為櫻田同學和松尾同學正在交往呢。」

野口老師以雙手包覆杯身的姿勢，捧著細長的玻璃杯。檸檬蘇打的氣泡從杯底朝上漂起，如寶石般點綴在玻璃杯內側。

「櫻田同學她過得還好嗎？」

「不，我也不怎麼知道。因為上高中之後就沒再連絡了。」

「要不要試著去連絡她？」

「不，還是不用了。只會對她造成困擾而已。」

不自覺浮出的苦笑，是對誰露出的呢？我俯下的額頭，被織田看過來的視線刺上。可能是因為我自我意識過剩吧，總覺得織田彷彿在對我發出「不連絡也無所謂嗎？」的責備。但這也沒辦法。

——因為，我在那個時候踐踏了她的喜歡。

「松尾你啊，個性很內斂呢。」和我相鄰而坐的夏目發出明朗而輕快的笑聲，然後以對待弟弟般隨意輕拍了拍我的頭。我意識到因為深信夏目不會做出傷害我的行為，所以我不會渾身僵硬。

「結果一直在聊我們的話題，還是趕快拍一拍吧。」

織田將喝完後的玻璃杯放在桌上，從沙發站起來。夏目看著這樣的他邊說「真好懂呢」，邊揚起笑容。他說的好懂到底是指什麼呢？野口老師朝陷入困惑的我看過來，輕輕地聳了一下肩膀。

「博也真是的，偶爾會有這種孩子氣的一面。」

「喔、嗯。」

看來只有我一個人搞不懂狀況。「兒時玩伴很難懂呢。」近藤先生雙眼微彎地接了一句。語調中摻雜著調侃和些許感慨。莫非近藤先生也有兒時玩伴？一想到年紀和自己父親相仿的長輩也有過童年時光，就莫名產生不可思議的感覺。原來，長輩並不是生下來就是長輩啊。在我往後的人生之中，還會一直因如此理所當然的事感到驚訝吧。

「就在我的店裡拍如何呢？」

「啊，好的。那就麻煩您了。」

我立刻朝近藤先生行禮道謝，織田看著我皺起眉。

「真的要在這裡拍嗎？」

「咦？」

「算了，松尾覺得可以的話就在這裡拍。」

「我覺得這裡很適合拍影片啊，有什麼問題嗎？」

「沒啦，當我沒說。」

織田今天果然有點奇怪。我抬頭用求解說的眼神仰望著夏目。然而這位比我大一屆的學長彷彿覺得很有意思，牽起嘴角，笑得一臉不懷好意。

「假設朋友和朋友變得比跟自己還要好的話，會不會有點寂寞呢？」

「夏目，別亂說話。」織田立刻瞪夏目一眼。

「好好好，不好意思～」

「所以，織田是因為夏目同學和我變得很要好，所以感到很寂寞嗎？」

「嗯～如果主詞不是我的話就完美了。」

「夏目！」

「啊～好啦，織田你有時候真的很難搞耶～算了，這種部分也符合你的年紀，所以還滿可愛的啦。」

如此說著的夏目，說出來的話卻一點都不符合他的年紀。不知是不是受到家中有弟弟的影響，夏目看向我們的眼神非常溫暖。「誰可愛了！」織田皺著眉。但不是害羞，而是真的嫌棄。

於是，最終在咖啡店的牆邊進行拍攝。一旁高度和店長身高差不多的觀賞植物營造出不錯的氣氛。裝裱在畫框內的舞者海報，似乎是出自名為羅特列克的畫家之手。近藤先生十分開心地說「這幅畫是在網路上買到的」。

近藤先生寫在素描簿上的，是「給年輕人」幾個大字。

我透過攝影機的鏡頭，對上近藤先生投來的目光。他黑白交雜的頭髮看起來很酷。我比出開始攝影的信號後，近藤先生就以略帶緊張的神情開口說話。

「在我學生時代，周遭有許多公開表示想成為音樂人或演員的人。其實我也和他們一樣，曾經以舞臺劇演員作為目標，但目前正在經營畫廊咖啡廳，支援追尋夢想的年輕人。選擇或許會沒飯吃的那條道路，很容易被大眾當成傻子看待。不過，只要認真追求夢想，就會有支持你的人出現。人生只有一次，挑戰與後悔的機會卻有很多次，所以請務必愛著追求夢想的自己。」

近藤先生如此說著，淺淺地低下頭行了一禮。在「愛」的主題之中，愛的種類會根據不同拍攝對象而改變的這一點很有意思。身為高中生的我總會下意識地將愛解讀為戀愛，但愛的範圍其實更廣闊。

想支持某人的心，也是愛的其中一種。

「近藤先生那番話，說得非常棒呢～」

夏目吃著從便利商店買來的烤巧克力，以慢悠悠的語氣說著。

拍完近藤先生之後，我們三個人就像往常一樣去我家。野口老師似乎必須去一趟美甲沙龍，所以瀟灑地先走了。目送她的織田，表情看起來就像被飼主留下來看家的狗狗一樣。

「切入點很成熟呢，能感受到人生經驗的差距。」

「上了年紀的人真的好酷啊，我以後也想成為那樣有深度的大叔！」

「會留鬍子那種？」

「對啊。然後也想成為適合戴太陽眼鏡的男人。」

我試著想像夏目留鬍子的模樣，但不太能想像到具體的樣子。或許等他上了年紀，聲音經過打磨變低沉之後，很適合那種造型。

「話說回來，織田你要沮喪到什麼時候？這麼捨不得就跟野口老師一起去啊。」

我用腳戳著織田躺在地板上的後背，然後聽到「咕喔」一聲悲鳴。

「松尾你不懂啦，如果一直黏著她，可能會讓她覺得很煩啊。」

「可是織田不是一直都很煩嗎？」

「喂！」

我忽視爬起來吐槽的織田，動手更換遊戲主機的線路。雖然我收藏的遊戲數量龐大，但是我的延長線數量不多。我的電視平時是接著PS4或Switch，但是用來做實況的多半是老遊戲，每換一個遊戲就要重新安裝和遊戲搭配的主機。

「所以，今天要玩哪個？」

當我和線路奮鬥時，織田總是會坐在旁邊看著我的手部動作。或許是在找能幫上忙的地方，又或許只是想掩飾無事可做的狀況。

我將巨大的平板手把塞給織田。這是二〇一二年發售的Wii U手把。

「我想讓你們兩個玩看看超級瑪利歐創作家。」

「喔喔，超級瑪利歐創作家，是之前六月新出的遊戲嗎？我有看到廣告。」

「六月發行的那個是超級瑪利歐創作家2，出在Switch平臺上。不過我今天準備的是一代版本。」

「為什麼不玩新出的那個？」

「因為零件還沒解鎖完畢。我一代已經全部破關了，所以想讓你們玩已經全部破關的存檔。」

超級瑪利歐創作家，顧名思義就是一個讓玩家親手製作超級瑪利歐系列作品關卡的遊戲。一代的發售日期是二〇一五年九月，出在Switch平臺上的二代則是在二〇一九年六月時發售。

「這次的拍攝，我想拍你們兩個玩超級瑪利歐創作家。拍一個類似於特別篇的實況。」

「為什麼是兩個人？松尾也可以一起玩啊。」

「我想專心當後製人員看看。而且我覺得，織田和夏目會是一對好搭檔。」

「我都可以喔～反正是沒玩過的遊戲～」

早早就占據一塊靠墊的夏目，已經擺出了要玩遊戲的架勢。我說著「快點啦」催促，織田才不情願地坐到夏目隔壁。

「織田，幫我檢查聲音有沒有延遲。像平常那樣就好。」

「真拿你沒辦法。」

拿起控制手把的織田，邊數著「一、二、一、二」邊在選擇遊戲畫面的選項中來回移動。這樣做是為了確認擷取到的遊戲畫面和麥克風的聲音是否有同步。如果出現延遲，會造成很多麻煩。

「ＯＫ，看起來沒問題。」

我點頭之後，織田將手指從手把控制按鈕移開。

「真的只有我和織田玩嗎？」

「怎樣，夏目，你跟我玩有不滿嗎？」

「不是，第一次只有兩個人玩所以有點緊張。」

「別緊張別緊張，松尾會在旁邊幫忙炒熱氣氛。」

織田自行幫我安排，但我很不擅長這種事。我很害怕自己說出來的話會干擾別人對話。

「我不會幫忙炒氣氛，不過我會從後製方面做支援。你們只需要快樂地玩遊戲就好。」

「今天的松尾同學很可靠喔。不過，我本來就喜歡製造類的遊戲，應該沒問題。」

「希望如此。」

面對發出暢快笑聲的織田，我的回答是把他請出房間。今天的實況和平時不同，需要做一些事前準備。

「嗨，大家好。我是信張——」

「吾輩是漱十。」

過了一小時之後，他們才開始錄遊戲實況。電視螢幕上顯示的畫面，是超級瑪利歐創作家的主選單。

「所以呢，今天是由我們兩個人進行遊戲實況。」

「只有我們兩個還是第一次呢～」

「對啊。」

「……」

「……」

「不對，為什麼要在這時候對看啊！又不是剛開始交往的情侶。」

「討厭啦～信信好凶喔，人家好怕怕～」

「我才沒有聲音這麼粗的女朋友。而且信信是誰啊？」

「想說你可能會喜歡這種女孩子，所以特別給你福利啦。」

「我才不喜歡！」

「真心話是？」

「和女朋友互叫小名之類的，我怎麼可能會討厭呢！」

「啊，原來你是這種類型。真討厭～」

「是你先開始說的吧！」

我不自覺地發出輕笑聲。聽見笑聲的夏目也笑了起來。

「芭焦的聲音被清楚地錄進來嘍。」

「這次芭焦是負責炒熱氣氛。話說，差不多該開始了。這次我們要玩的是『超級瑪利歐創作家』！」

「哇～拍拍手。」

「一開始就看到遊戲畫面了吧。趕快開始遊戲吧。」

「接下來請看這次的遊戲規則。」夏目如此說著。但電視螢幕上當然不會出現規則清單。這是之後要剪輯後製而加入的切入句。

超級瑪利歐系列的共通規則很簡單，就是躲開關卡中出現的障礙物並打倒怪物，而且要在時間結束之前抵達終點。一旦掉進洞裡或踩到陷阱，就會響起瑪利歐系列耳熟能詳的音效然後重新開始。

這次的實況，有事先讓他們各自花三十分鐘製作一個給對方玩的關卡。超級瑪利歐創作家有一個規則，如果玩家沒有先破關自己製作的關卡，就無法上傳到伺服器分享給其他玩家。在實況的時候，能將製作過程、破關時的反應都呈現給觀眾，所以發售之後吸引了許多遊戲實況主播紛紛上傳實況影片。不過因為瑪利歐本身就很有名，上傳實況就能獲得一定程度的觀看次數也是吸引實況主的一大主因。

「其實我啊，從出生到現在一次都沒玩過瑪利歐的說。」

「騙人吧。現代日本有沒玩過瑪利歐的人嗎？」

「這就是所謂的代溝呢～」

「不不不，你跟我們只差一歲，而且我一歲的時候任天堂DS就已經發售了。」

織田邊閒聊邊拿起控制手把。

「那麼，就由我先來破關漱十做的關卡吧。」

「哎呀～做起來很不容易呢。不懂的部分太多，所以請芭焦指點過我。話說，信張知道栗寶寶是什麼嗎？」

「當然知道！」

「我還是第一次看到栗寶寶呢。所以做得太投入，很擔心信張有沒有辦法破關，這樣會不會太幼稚了？」

「很會挑釁嘛。」

「因為我就是做得這麼用心。」

夏目說的是真的，他把三十分鐘的製作時間全部用在精心打造關卡。雖然需要跟他解釋每一個零件的機制很累人，幸好夏目的理解速度非常快，所以總算將關卡完成了。

「關卡叫什麼名字？」

「『皿屋敷』。」

「那是什麼，遊樂園嗎？」

「遊樂園那個是花屋敷[41]。」

「隨便啦，不過漱十做的這個看起來有點恐怖耶。」

織田邊嘀咕著，邊開始破關。夏目的場景設計主題是鬼屋，所以裡面有非常多的害羞幽靈。害羞幽靈就是外形像幽魂的角色，特徵是和牠對看時，牠會害羞到停止動作。簡單來說就像一二三木頭人遊戲裡的「人」。當瑪利歐的臉轉到其他方向，害羞幽靈就會往瑪利歐靠近，試圖製造傷害。

夏目做的關卡裡，布景全部都是像素畫的形式。

「看！你看這裡，看得出我很用心嗎？」

「什麼？」

「用金幣排出來的數字啊。」

「那不重要啦！」

41 指位於東京的淺草花屋敷。是日本最早的遊樂園，園內有日本國產最古老的雲霄飛車。

此時夏目安排的塊狀型怪物，也就是石頭怪，從上方掉落到場景內。織田以輕鬆的表情閃開了。夏目不由得拍手。

「居然能躲開這個？信張也太厲害了吧？」

「不不不，是你太小看我吧。這超簡單的。」

「你騙人。」

「好啦，破關～」

織田俐落地操縱著瑪利歐，一眨眼就抵達終點。通關時間總共三十二秒，是非常優秀的成績。

「結果皿屋敷到底是什麼？」

「信張不知道嗎？就是阿菊『還少一個——』的經典臺詞。是很有名的怪談，也有被改編成落語喔。」

「完全沒聽過……啊，所以才會用金幣排數字？」

「沒錯！為了加藝術分，所以寫了一到十八的數字。」

「那不重要啦！」

織田將控制手把往坐墊上一扔。假設是在拍真人影片的話，此時應該是加上「哼（過激的吐槽）」字幕的時機吧。

不過話說回來，在夏目製作關卡的期間，我有發現他用金幣排出一個個數字，但沒有察覺到背後的含意，所以當下也產生過「這是在做什麼？」的疑惑。

當玩家使用超級瑪利歐創作家製作關卡時，首先要做的就是從瑪利歐系列選出其中一代當作場景世界觀。從紅白機年代「超級瑪利歐兄弟」的像素畫，到「新超級瑪利歐兄弟」的立體３Ｄ，即使是同一個角色的外觀也會隨作品設定而變動。所以從小沉浸在超級任天堂世界裡的夏目選擇了像素畫關卡的原因，應該不是出於喜好，而是因為更習慣像素畫吧。

「信張，你怎麼可以亂丟別人的控制手把呢～那麼，接下來換我玩嘍。」

夏目以慢吞吞的語氣說著，伸出雙手拿起坐墊上的控制手把。

「我看看啊，標題是『三十分烘焙』……什麼意思？」

「別叫負責裝傻的人解說啦！趕快玩就對了。」

「咦？這是裝傻嗎？欸矮，這是哪個裝傻哏？」

「你是明知故問吧？」

「到底在說什麼呢～」

織田看向發出傻笑聲的夏目，用手肘頂了一下夏目的肩膀。織田和細心做場景裝飾的夏目不同，很快就把關卡做完，花的時間大概連十分鐘都不到。而且他選擇的３Ｄ瑪利歐場景也和夏目不同。因為對織田而言，３Ｄ版本才是他最習慣的瑪利歐吧。

「啊，話先說在前，在沒破掉對方做的關卡之前都不准走喔。」

聽到我壓低音量補足遊戲規則，織田發出「哼」的笑聲。

「我可是當成教學關卡去做的，不會有人連這種程度都破不了吧。」

「啊～這可是你說的喔。那，我一分鐘以內破完也沒差吧？」

「做得到的話就破給我看啊。」

在兩人針鋒相對的互嗆中，夏目按下了遊戲的開始鍵。正如織田所說，場景構造非常簡單。看起來像常見的初始關卡，而不是瑪利歐創作家的創作關卡中常見的，四處充滿怪物的模樣。

當初旁觀織田的製作過程時，我有暗自想過這也太小看夏目的實力了吧，然而我很快就察覺到，太小看人的其實是我。

「你到底為什麼會死在那種地方！」

織田的慘叫聲在我房間裡響起。夏目則是「咦～？」地歪過頭，身體向前傾，操作著手把。

此時距離夏目開始玩，已經過了四小時。

「聽好了？先冷靜下來去吃那裡的蘑菇。那個蘑菇是類似補血道具的東西。」

「可是顏色看起來有毒吧？紅紅白白的。」

「不要用現實狀況去判斷蘑菇王國啦。」

「啊，掉下去了。」

「夠了啊啊啊啊！」

人類很容易就發瘋呢，我看著抓狂的織田如此心想。比起旁觀別人挑戰高難度關卡，看別人在簡單關卡不斷出包反而更容易感受到強烈的絕望。

總之我只能在旁邊加油，看著夏目「喀噠喀噠」地拚命按手把操作鍵。夏目不是不想玩，而是為了移動這個不是像素畫的角色陷入苦戰。

「漱十先生有玩過《超魔界村》嗎？」

眼看實況已經陷入無法只靠他們兩人繼續錄下去的時候，我也毫無顧慮地開始插嘴說話。

「嗯，玩過。」

「那為什麼玩瑪利歐會這麼辛苦？」

「那是因為，遊戲類型完全不一樣嘛。」

「同樣是橫向卷軸啊？」

「完全不同喔～首先這不是像素畫，讓我看不太懂，控制手把也長得不一樣。然後信張把關卡做得太討人厭了也有問題。」

「我絕對沒有錯！」織田邊喝牛奶邊握拳回道。傍晚四點開始錄實況，現在已經是晚上八點多。差不多再過一個小時父親就會下班回家了。

「時間太晚了，你們今天要不要留下來過夜？」

「可以嗎？」

「可以可以。只不過，我家沒什麼可以招待的。」

「太好啦～」夏目慢吞吞地伸個懶腰。「你趕快破關啦！」織田則是忍著哈欠催促。

「不過啊，這個實況影片會不會很難做？會變成超長篇吧？」

「不會，靠剪輯就可以縮成十分鐘。」

「真的假的……四小時變十分鐘？」

「如果能在四小時以內打完就好了。」

我邊注意著錄影檔的檔案容量，邊虛弱地牽動嘴角。因為錄遊戲實況會對電腦造成相當大的負荷，錄太久的話就會產生硬體過熱或聲音延遲、畫面停格的狀況，總而言之會出現很多問題。

雖然覺得電腦應該撐得住……大概吧？我邊想邊盯著開始發出「嗡」的硬體運作聲的電腦主機。

「哇啊～有蘑菇！」

「為什麼要躲蘑菇？把它吃掉啊！」

「因為信張有設栗寶寶當陷阱啊，所以看到蘑菇就會反射性躲掉。」

「好啦，都算我的錯，所以拜託趕快破關。」

保持樂觀態度的夏目，和聲音叫到啞掉的織田形成很有趣的對比。

「嗚哇，是死路。」

「歡迎死掉！」

「啊啊，信張終於被逼瘋了……」

夏目事不關己地說道。不過我覺得織田在他花一小時還破不了關的時候就已經瘋了。

即使如此，夏目還是毫不氣餒地持續奮鬥，終於在超過五小時的時候抵達終點。瑪利歐抓住終點旗桿，背景放起煙火。

「嗚喔喔喔!很厲害嘛!」

織田和夏目像剛看完足球世界盃的年輕人一樣，彼此擁抱。我也湧起莫名的感動，用手指擦拭濕潤的眼角。真的很奇妙，只是玩遊戲卻有如此強烈的成就感。

「恭喜破關。」我拍手恭喜道。夏目則是自賣自誇地說：「哎呀~我也是個言出必行的男人啊。」

「現在宣布結果，漱十通過信張製作的關卡所用的時長是，五小時二分二十一秒!」

「只能說幹得漂亮。破得太好了!」

「下次再玩的話大概可以更快吧。因為有抓到訣竅。」

「我可不想再玩第二次~」

聲音已經啞掉的織田發出呻吟。我按下停止錄影鍵，伸手摸著電腦發熱的外殼，對平安無事地撐過五個小時的電腦表達感謝之意。

「兩位都辛苦了。」

我說完慰勞的話之後，織田和夏目像融化般軟綿綿地當場癱平。看起來筋疲力盡。

「趁我爸還沒回家，你們快去沖個澡吧。」

「已經動不了了~」

與癱成大字型的織田形成對比，夏目突然坐起身問。

「話說松尾的媽媽呢?」

「我媽媽獨自去博多工作了。她是轉勤族[42]。」
「喔～博多啊。我還沒離開過關東呢～也沒搭過飛機。」
「那麼，以後四個人一起出去玩吧。」
「聽起來很有趣耶！我很喜歡想像出去遊玩的計畫～」
我並不是那個意思，但是夏目似乎把我說的出去玩當作玩笑看待。我忽略掉湧上心頭的寂寞感，打開房間的門。
「你們應該穿不下我的衣服，先借用爸爸的衣服吧。夏目可以先去洗澡。」
「輪流洗太麻煩了，一起洗吧？」
「一起指的是誰跟誰？」
「我跟松尾。織田沒辦法一起吧？除非浴缸是超大尺寸，才擠得下三個人。」
我想像了一下三個人硬擠在我家浴缸裡的模樣，不由得皺起臉。怎麼想都會變成一場慘劇。
「你趕快去洗啦。一起洗對獨生子來說太刺激了。」
織田躺在地上，朝夏目揮揮手。夏目邊嘟起嘴說著「真是的」邊故意抬腳跨過織田的身體。對於有很多兄弟的夏目而言，應該很習慣和別人一起洗澡吧。
因為對大家庭抱持憧憬，其實很想和別人一起洗的心聲，結果還是沒辦法說出口，漂浮在我心中。

42　指經常被公司派到外縣市工作的人。

那天晚上是我和織田睡床，夏目打地鋪。起因是當我鋪好一人份的被子之後，夏目開口說：

「一人份就夠了吧？」我也想得太簡單，以為我那張半雙人床睡兩個人沒問題，結果就是睡在靠牆那一側的我淪落到需要整晚邊睡邊警戒織田糟糕睡相的下場。

隔天早上，雖然被織田一腳踹醒的起床方式糟到不行，但是夏目做的炒麵好吃到足以抵銷所有不爽。總而言之，我很喜歡像這樣和別人一起度過的時光。

「謝謝你收留我們過夜～」

「那下次錄影時再連絡。」

夏目和織田各自向我道別後，就穿著昨天的衣服回家了。爸爸早已在我們睡覺時出門工作了，現在家裡除了我以外沒有其他會動的活物。所以我在將夏目使用過的被褥放進烘衣機烘乾的期間，不得不獨自和寂寞搏鬥。

不過，現在不是沉浸在感傷裡的時候。將被褥塞進壓縮袋之後，我就開始著手編輯昨天錄的實況影片。

首先要把全程五小時的影片，用一點二五倍速看過一次。如何剪輯成節奏感良好的影片，全靠後製者的功力。

『我覺得啊，瑪利歐和人生很像耶～』

『啊？』

『該落下的時候就會掉下去。沒錯，就像我和你的戀愛一樣……』

『別因爲不想玩了就開始跟觀衆聊天。』

聽著兩人你來我往地講幹話，我不由得噴笑。織田和夏目的屬性果然很合。雖然是已經聽過的對話，不管聽幾次還是會想笑。

四個人錄實況的時候織田是負責裝傻，單獨和夏目錄的時候就變成負責吐槽，感覺很新鮮。因為人數少，所以夏目的臺詞不會被別人蓋過，這一點也很加分。

因為有太多讓我覺得剪掉太可惜的精采部分，所以我剪了又剪，總算把長度控制在十三分鐘以內。然後從龐大的音樂收藏中找出適合的背景音樂和音效聲，並加上字幕。

四個人的時候我會在字幕前加上各自的名字，這次只有兩個人，所以用顏色做區分就行。紅色字幕是織田，綠色字幕是夏目。之後我一邊檢查有沒有聽錯，一邊加上細節裝飾，比如特定場合的畫面放大、慢速播放。用上自己壓箱底的所有剪輯技巧，最後才終於把影片做完。暑假期間寶貴的三天就這樣消失了。

我拚命撐起因為熬夜變得沉重的眼皮，將實況影片上傳到YouTube。在將影片網址貼到LINE的時候終於敵不過睡魔，鑽進被窩。於是我那一天的記憶，就中斷在將臉頰壓上枕頭的瞬間。

【織田・松尾・坂上・夏目】

『今天』

松尾直樹：『之前錄的瑪利歐創作家，影片已經完成了。』
松尾直樹：『網址是：http://www……』
織田博也：『辛苦啦！』
夏目：『辛苦了～』
坂上明彥：『是之前說過的那個實況嗎！我去看一下。』
織田博也：『我也很好奇那麼地獄的實況會變成怎樣的影片。』
夏目：『咦～明明是快樂的實況。』
織田博也：『只有你覺得快樂吧。』
坂上明彥傳送了貼圖。
坂上明彥：『超級好笑，我笑到肚子痛。』
夏目：『織田逐漸瘋掉的樣子看起來好好笑。』
織田博也：『還不是你害的！』
坂上明彥：『看完之後我都想拍實況了。』
織田博也：『那，下次來拍真人桌遊實況。UNO之類的。』
夏目：『只拍手的話可以喔，臉就NG。』
坂上明彥：『松尾沒反應耶，睡著了嗎？』
織田博也：『剪影片很累吧？這次可是史詩巨作級。』

夏目：『松尾晚安～』

夏目傳送了貼圖。

『栗寶寶炸彈太難通關結果朋友瘋掉了！【瑪利歐創作家】』

觀看次數：2,013 次・2019/07/21

請收看因爲自己做的關卡被連續折磨六小時的信張，以及花三十分鐘做的關卡被三十秒破掉的漱十。大家要是覺得有趣的話，請訂閱我們的頻道！

當我睡醒後去檢查影片頁面時，觀看次數已經達到四位數。至今為止的最高觀看次數是五百多次，等於創下比往常多了四倍多的紀錄。

我難掩興奮，立刻點開數據分析頁面。影片下有二十幾則留言，而且全部都是充滿好感的發言。

『超傻的，好好笑。』

『喜歡這種男校氣氛的感覺！』

『06:27　和觀眾陷入愛河的漱十
08:03　開始發出超音波的信張
09:15　來自芭焦的療癒

10:21　地獄之歌

12:06　恭喜破關』

『雖然還是小咖不過影片剪得很好耶，也想看其他實況影片。』

『其實應該要有更多人觀看才對，兩千多人就能獨占這種等級的影片有夠幸福。』

訪問數增加的原因之一是從搜尋「瑪利歐創作家」而來，其二似乎是因為這個影片有出現在其他知名實況主的相關動畫列表裡。

將留言列表的畫面往下滑動時，我在留言中發現眼熟的暱稱。

○於打烊時分開始播放　6小時前

『目前爲止最好笑的實況。』

是從第一個支影片開始一直來留言的人。我看著最好笑三個字，不自覺地微笑起來。

這是自己的作品第一次獲得這麼多回應。至今花費大量時間製作的作品，有確實地傳達給別人，而且還是在一瞬間以肉眼可見的方式呈現。

臉頰好燙。熱度帶來的亢奮感，從食道一寸寸地逆流而上。我緊握手機片刻後，連忙開始回覆大家。

【織田・松尾・坂上・夏目】

『今天』

松尾直樹：『之前上傳的瑪利歐影片，觀看次數衝得很快。我想把它做成一系列，盡快推出續作。』
夏目：『喔，不錯呢～』
織田博也：『那今天就來拍實況怎樣？然後UNO改明天？』
夏目：『這兩個時間我都沒問題。』
松尾直樹：『我也沒問題，坂上打工的排班時間沒問題嗎？』
坂上明彥：『明天下午的話可以。』
織田博也：『也需要多錄一些實況存起來用。』
松尾直樹：『這樣我也比較方便。沒素材的話，我有再多時間也生不出影片。』

第二次的瑪利歐創作家實況錄得很順利，五小時就錄滿夠做兩支影片的內容。假設兩支影片的製作時間大約各三天的話，就能以一週上傳兩支影片的速度進行更新。而且除了瑪利歐創作家以外，也同步開始做其他系列影片比較好。

織田和夏目回家後，我開始檢查剛錄好的影片檔案。發現有三分鐘的畫面突然跳掉時，冷汗都冒出來了。還好那一段不是攻略關卡時的重點，真的幸好是能靠剪輯處理的範圍內。

我邊用筷子夾夏目買來的洋芋片吃，邊重看錄影檔。雖然暑假作業完全沒做，不過總會有辦法的。雖然母親傳了「要好好讀書喔」的 LINE 訊息給我，可惜我沒有足夠的時間，也沒有想好好讀書的心情。

當影片後製進行到三分之一左右時，我的手機突然響起吵鬧的來電聲，螢幕顯示的來電名字是「織田博也」。我邊用食指揉著因為用眼過度而僵硬的太陽穴，邊按下接聽鍵。

「喂？」

『看過影片了嗎？』

「什麼影片？」

『就、就我們拍的，就那個、瑪利歐創作家的啊。』

可能是情緒太激動，織田卡好幾次才把一句話說完整。我摘下專注做事時會戴的眼鏡，手指輕輕推揉眉心。

「當然看完了。我又不是第一次做影片後製。」

『不是那個，是排行！我們、突然衝上排行榜了！』

「什麼？」

我連忙操作滑鼠，用瀏覽器打開 YouTube。當影片標題下方的觀看次數映入眼中的瞬間，我嚇得說不出話。

『栗寶寶炸彈太難通關結果朋友瘋掉了！【瑪利歐創作家】』
觀看次數：2,039,693次・2019/07/21

「觀、觀看兩百萬次……」

即使是當紅實況主也不常出現這樣的觀看數。怎麼辦？有想吐的感覺。

我的胃部彷彿被看不見的手緊緊抓住，感受到強烈的壓迫感。此時衝上我心頭的情緒，比起喜悅反而是恐懼更明顯。

「為、為什麼觀看數會這麼多？」

我求助似地握住手機，對織田說。這樣說好像不太好，但是我們的實況影片既不是玩最新出的遊戲，企畫本身也不算特別新奇。雖然我對剪輯的品質很有自信，但這不會成為觀看數突然暴增的主要原因。

『那是因為，推特上有很多人轉發按讚。說很好笑。』

「用搜尋找得到那個推文嗎？」

『喔，我現在用LINE傳給你。等一下。』

織田的音量比平常大，可以感受到他現在有多興奮。

LINE傳來的網址，是一個推特帳號，頭像是手繪的女孩圖片，有將近三千的跟隨者。似乎是平常會上傳遊戲實況主同人畫作的粉絲帳號，發文內容大多是關於知名實況主的影片觀看感想。

『咦，等一下。這也太讓人喜歡了吧？完全是男高中生的有趣好玩感……這影片應該要叫全人類都來看才對……』

衝上熱門的就是這則推文。附在推文裡的影片則是將我們的實況濃縮在一分鐘以內的影片。轉發數一萬五千，喜歡數六萬。有夠驚人的數字。

「唔哇，這個人也太會抓實況亮點。」

很不甘心，但是這個人比我更懂如何表現出織田和夏目的魅力，我重複按播放鍵好幾次之後，織田吐槽。

『不對不對，該注意的重點不在那裡吧。這很扯耶，我們從今天開始就是網紅實況主了？』

「我覺得下這種定論也太過樂觀，應該只是曇花一現吧。」

『有兩百萬次觀看耶，而且還在繼續增加，真的超扯的。訂閱數也一直在增加，剛才七萬訂閱了。』

「什麼？」

之前才聊過如果訂閱數破千就一起慶祝，結果竟然在我不知情的時候遠遠超過一千了。光是盯著每看一次就增加更多的數字，就讓我感到一陣暈眩。喜歡數增加的通知一直沒停止過。這真的是現實嗎？我悄悄捏住自己的臉頰。感覺不太痛，所以果然只是一場夢嗎？

『明天錄UNO之前，先一起慶祝吧。我會在車站的商店買蛋糕過去。』

「啊，嗯。」

『所以說，在那之前要好好想想那些事情。』

「那些事？」

『錢的問題，或是以後怎麼辦的問題。』

手機中傳來織田的吸氣聲。平時的開朗似乎從他的聲音中消失，露出難以隱藏的野心。

『我可不想停在曇花一現而已。』

比平時更低的聲音讓我吃了一驚。織田是認真的。我握著滑鼠的手隨之跟著顫抖。我也是很認真的。雖然想這樣回答織田，結果最終我什麼都沒說出口。

好事接二連三發生就是像這樣吧。實況影片上推特熱門的隔天，我邊看著頻道的後臺頁面，感慨地吐出一口氣。

「四個現任男高中生聚在一起打遊戲！【瑪利歐賽車】」

觀看次數：172,312 次・2019/05/27

『男高中生彼此互毆啦——！【大亂鬥】』

觀看次數：215,110 次・2019/06/10

『男高中生一起玩懷舊遊戲瑪利歐派對2！ Part1』

觀看次數：129,052 次・2019/06/17

『男高中生一起玩懷舊遊戲瑪利歐派對２！ Part2』

觀看次數：100,378次．2019/06/24

『拿蜥蜴模型給野生貓貓看之後飛高高了』

觀看次數：339,022次．2019/06/27

『男高中生一起玩懷舊遊戲瑪利歐派對２！ Part3』

觀看次數：85,482次．2019/07/01

『男高中生一起玩懷舊遊戲瑪利歐派對２！ Part4【完】』

觀看次數：72,316次．2019/07/08

至今上傳的實況影片觀看次數一支接一支上升。現在數字仍然在不停攀升，感覺還會繼續增加。

沒什麼留言的留言區，也變成無法一次顯示出全部留言的大量留言狀態。

『想像這四個人讀同一間學校的樣子就忍不住笑。』

『影片剪輯得很細心，看起來很順呢。』

『從Twitter來看的！』

『四個人也很好玩，不過果然還是信張和漱十的搭檔最棒。』

『漱十先生的聲音一聽就是帥哥。』

『十一分零三秒是神……』

『把影片給媽媽看之後，媽媽稱讚說這幾個小孩真有趣。我明天要推薦給學校朋友看。』

『信張是搞笑又帥氣的隊長；漱十感覺天然呆卻是最像哥哥的人；田村麻呂雖然很吵，不過吐槽的時機抓得很好；芭焦影片剪輯得超棒。四個人組合起來超強耶？』

『請大聲【呼】【喊】【愛】吧……簡稱就叫愛呼喊吧！』

最後關於簡稱的提議，是留言中獲得最多按讚的一則。雖然我想的簡稱是叫「請愛」，不過簡稱似乎通常是由觀眾自行決定。

我在推特的搜尋欄輸入「請大聲呼喊愛吧」幾個字，也就是所謂的自我搜索（egosearching）。前幾天還查不到什麼，這幾天卻有爆發式的增長。因為無論怎麼滑都滑不到盡頭，總之先讀了將近一百篇的最新投稿。

其中最搶眼的就是同人畫作。轉推較多的，大多是一看就像女性繪師所畫的圖。人物配色有按照我們的印象色作畫，內容以實況影片中喜歡的某一幕為主。看到我剪輯時覺得有趣的部分被畫成圖，是很令人高興的事。因為能確認自己的判斷果然沒有錯。

我調整坐姿，將雙腳踩在電腦椅上抱膝坐著，專注地看著螢幕。到目前為止，我追過非常多YouTuber，從出名的、不出名的，到出名之後因為成長停滯而煩惱的都有。每當我看著他們時，就會擅自在心裡擬定對應的策略，也有過非常多「像這個人的狀況可以這樣做比較好」之類的想法。那些妄想是否正確，如今就要用我們自己來做實驗了。

『老實說，組四人團體根本沒意義嘛。信張和漱十組兩人搭檔去做實況絕對會成功。不過，還只是高中生的小鬼們，沒辦法做出這種冷靜的判斷吧。』

以評論家自居的留言，不容分說地映入眼中。隨著點讚的數量越來越多，倒讚的數量也跟著增加。我們的實況影片，已經不只是路邊小石頭般的存在。

充滿惡意的黑粉留言，猶如指甲刮過玻璃，讓我內心煩悶。說實話，我並不害怕被人厭惡。我害怕的是自己成為使織田他們被人厭惡的原因。

我一邊做拍真人實況的準備，一邊關掉手機的通知功能。我的推特帳號原本只有兩位數的跟隨者，如今已增加到將近一萬。

織田他們來我家的時候，已經是下午兩點多。織田實踐了昨晚說的話，手裡提著兩個印有蛋糕店標誌的白色紙盒。我沒有把大家帶去房間，而是帶到客廳。

夏目和坂上在沙發坐下，把超商買來的零食一一拿出。我站起來走去準備餐具時，織田像雛鳥一樣跟過來。

「今天店裡狀況怎樣？」

「這間好像滿有名的，排了大概十五分鐘的隊。總而言之這一盒裡面裝的是四塊切片蛋糕。」

織田買蛋糕的地方是站內商店，會定期更換店家。我從櫃子裡取出四個盤子，交到織田手裡。是叫他拿過去的意思，織田卻沒有動作。

「喝紅茶可以吧？有誰要加牛奶或糖嗎？」

我從飯廳往客廳喊了一聲後，立刻聽見坂上和夏目懶洋洋地回答。

「我平常不喝紅茶這麼時髦的東西，所以怎樣都可以啦。」

「我喝純紅茶就好。」

我用電熱水壺將水煮滾，再將熱水沖入茶壺中。用的是比平時喝的還高級一些的茶葉。雖然那三個人大概分辨不出茶葉的好壞，不過心意才是重點。

我將紅茶注入馬克杯，再將杯子放在托盤上。沒使用紅茶杯組的原因，是因為我們都不屬於小口慢飲類型的人。

我走向客廳後，織田也隨後跟來。雖然覺得他是在體貼我，但他的表情看起來有夠傻。或許這是他下意識的行動吧。

「久等了。」

我排好四人份的杯墊，將馬克杯放在杯墊上。織田則是一言不發地將蛋糕移到盤子裡。

「謝謝，茶聞起來好香。」

夏目微微一笑。看見他像往常一樣穿著和服外套，我不禁稍微鬆一口氣。感覺像是再度確認前天、昨天和今天的確是連貫的一般。

因為沙發上已經沒有空位，我只好將椅墊放在地毯上坐下。坐在沙發上的織田邊吸著杯裡的紅茶邊發出啜飲聲。「不乾杯嗎？」坂上一臉傻眼地靠上沙發椅背。

織田慌忙將馬克杯從嘴邊拿開，邊說「我忘了」邊將上半身往前傾。

「總而言之，恭喜影片衝上熱門話題！乾杯。」

「乾杯。」

杯子彼此碰撞出清脆的聲響，我們今天終於第一次認真打量彼此的表情。坂上比平常更用心地用髮蠟做造型，織田的脖頸掛著看起來很高級的銀色項鍊。他們的共通點，就是明顯比平時更注意穿著打扮。

「話說，織田買來的這個蛋糕好吃嗎？」

「不知道，不吃看看的話，怎麼會知道蛋糕好不好吃？」

「畢竟是排隊十五分鐘才買到的，應該不會踩到雷吧。」

坂上邊說著，邊用叉子靈巧地剝掉蛋糕周圍的分隔紙。我則用手指把分隔紙剝掉，塞進外帶紙盒裡。

「這個蛋糕真好吃。」夏目邊含著蛋糕叉邊說。柔軟的海綿蛋糕，口感輕盈的鮮奶油。表面裝飾的草莓味道偏酸而不是偏甜，搭配鮮奶油一起入口剛剛好。

「會受歡迎果然是有原因的。」織田心情很好地從喉嚨發出笑聲。一旁的夏目則是為了不讓頭髮沾到奶油而奮戰著。

「話說回來昨天我嚇了一跳，我的推特超多通知。」

「就是說啊，還以為到底發生什麼事。不過，世界上真的有這種事嗎？因為不認識的人發的推文突然爆紅，結果我們也變得很受歡迎。」

「這就是俗話說的，吹大風的時候木桶店會大賺錢[43]吧。」

「用這個來形容不太對啊。」

看織田一臉得意的樣子，我忍不住吐槽。織田邊舔掉蛋糕叉上的鮮奶油，邊將交疊的長腿調換位置。

「總而言之，我們成功了。」

「太突然了，沒什麼真實感。」

「之後的作戰計畫是什麼？松尾，你有沒有什麼想法？」

「要全部丟給松尾嗎？」

織田的發言使坂上和夏目發笑。三人份的目光集中在我身上，我突然害羞地移開視線。

「雖然想了很多方法，但還不到作戰的程度……」

「趕快說出來給大家聽吧。這種時候還是最愛看YouTube的人的意見最有參考價值。」

「我最先想到的，就是製作各自的角色立繪。然後我覺得，之後就以瑪利歐創作家系列為主軸進行各種活動。雖然想多增加幾支影片，不過我的時間有限，比起增加影片不如採用固定每週某一天開直播和上傳影片的方式，讓觀眾養成習慣會更好。然後，我也想拍真人實況。」

「有做角色立繪的必要嗎？」夏目歪著頭問。

43 日本關於蝴蝶效應的諺語。指吹起大風時，患眼疾的人就會增加；而三味線這種日本傳統樂器一般是由盲人彈奏，患眼疾的人增加，彈三味線的人就跟著變多；三味線是用貓皮製作，所以貓皮的需求量會增加；貓被抓去剝皮數量變少，老鼠就會越來越多；而老鼠會將木桶咬破，所以木桶店生意就會變好。

「這個……有點難解釋，不過首先可以用在頭像上。然後有確定的官方立繪也可以幫助觀眾更容易認識成員，還能用在影片剪輯方面。頭像用的圖就由我來畫吧。雖然我只會像素畫。」

「松尾居然會畫畫？會不會太厲害？」

「以前玩麥塊的時候有專注畫過一陣子，所以算是會一點像素畫。不過一般的電繪我就沒辦法了。」

麥塊（Minecraft）是讓玩家在以立體方塊為基礎建造的世界中，體驗野外生存，並使用立方塊打造各種建築物的遊戲，總之想做什麼都可以。在二〇一九年時打破俄羅斯方塊的紀錄，成為全世界最暢銷的遊戲。擁有極高的自由度和眾多的支持者，在遊戲實況界也擁有傲人的紮實支持度。

「這週就是瑪利歐創作家和UNO各上傳一支影片，看能不能讓知名度穩定下來。其實我更想做直播，不過至少也要下星期才能做吧。」

「為什麼？」

「我們幾個，不是還沒做過直播嗎？做不習慣的事很容易出錯，總要先練習幾次再說。」

「坂上可能會不小心喊出本名。」

「為什麼是我？我在這種方面其實很小心耶。要說的話，夏目不是更容易出包嗎？」

「咦～原來坂上是這樣看我的？真失禮耶。」

我朝嘟起嘴的夏目苦笑，將最後一小塊蛋糕送進嘴裡。夏目在輕音社累積了很多優秀的登臺表演經驗，在單場比賽方面一定很強吧。從整體來看，最令人不安的就是我的表現。當器材出問題的時候，在場這些人之中沒有其他會處理的人在。所以大家的實況能不能順利進行，全都靠我了。

「我說松尾。」

坐在沙發上的織田，突然將手臂伸過來環住我的肩膀。朝我靠過來的臉上浮現出討人喜歡的笑容，然後宛如等待主人給予讚美，迫不及待的寵物狗，用充滿期待的目光看著我。

「影片被各式各樣的人看到感覺很高興吧？有沒有當YouTube真是太好了的感覺？」

織田那雙距離極近的瞳孔中，映出我不置可否地微笑著的臉。雖然回答很高興就可以讓織田滿足。但不知為何，我的喉嚨卻繃緊。潛伏在喉底深處的喪氣話，在我的口腔中騷動，隱隱作痛。

「……織田有什麼想做的點子嗎？」

話題被我明顯地敷衍過去，織田一瞬間皺起眉頭。面對他張口欲言的嘴，我不由自主地只移動眼神看去。別人的嘴巴看起來很可怕。長著尖銳的牙齒，內部使人看不清楚。

「總而言之，想玩看看桌遊，可以大家一起玩得很嗨的那種。」

「桌遊不錯耶，很符合需求。可以來個組隊對抗之類的。乾脆就把桌遊當作直播主題如何？桌遊和一般遊戲不同，不太需要剪輯，我覺得很適合用來直播。」

「不愧是松尾。我們之中負責動腦的就是你了。」

我的腦袋被織田的手掌抓住，然後頭髮被揉得亂七八糟。

這次變成我像寵物狗一樣。我說，織田的這種行為有什麼意義嗎？是單純的信賴行為，還是下意識的優越感表現？想到這裡，我抬起手指抹過抽搐的臉頰。

居然連織田都懷疑，我到底怎麼了？最清楚織田不是那種人的，明明就是我自己啊。

「蛋糕也吃完了，差不多該錄UNO實況了。我已經在房間裡架好攝影機了。」

「架好是指？」

「架在只會拍到手的位置。因為主要是拍桌子，這樣臉就不會入鏡了對吧？」

「我以為會在臉打馬賽克，所以很用心挑選今天穿的衣服耶！」

「我也是我也是！」

坂上邊說邊站起來，織田也跟著喊出聲。原來如此，今天打扮得特別講究是因為這個理由嗎？

「話先說在前，因為馬賽克做起來很麻煩，所以要拍全身的時候，需要穿上能蓋住臉的衣物。比如馬臉或頭套、口罩。」

「這麼麻煩的話，為什麼不乾脆讓馬賽克從世界上消失？」

「我很喜歡坂上這種遵從本能的個性～」

「不對，我不是在說A片啦。」

「不是嗎？」

「也算是啦～」

織田和坂上互看一眼，拍著手大聲笑起來。我和夏目無視他們，迅速動手開始準備拍攝UNO實況。我們速速進入房間後，籃球社二人組才慌張跟上。

坐在桌邊只會拍到胸口以下的部分。因為臉以外的部分也會入鏡，所以織田他們用心打扮或許是有意義的。

「夏目穿和服外套被拍到沒問題嗎？不會被用來確認身分的話就沒關係。」

「沒關係，這種打扮反而會被認為是攝影用的衣服。」

「會這樣想嗎？」

「在輕音社是這樣喔。觀眾都覺得這是舞臺裝。」

既然夏目這麼說那就沒問題。我低頭看向自己的穿著。是牛仔褲配格紋襯衫這種非常男學生風格的衣服。感覺和其他三個人的穿著相較之下不太協調，不過從夏目在場的那一刻就已經沒什麼協調感可言了。

「啊——啊——麥克風測試——」

「麥克風測試——」

「測試——」

夏目先開始講話，然後織田跟進，最後舉手的是坂上。我開始確認三人的畫面和聲音有沒有確實錄進去。因為每個人和麥克風之間的距離不一樣，音量稍有差異，但是差距不大。

我在開始錄影之前，先調整了一下坐姿。從現在開始，我要對織田說很過分的話了。

「有一件事想拜託你。」

「什麼事？」

織田瞬間看向我。拜託別用那麼真摯的眼神看我。

「能拜託你，把無名指上的戒指拿掉嗎？」

織田立刻用右手按住左手。他戴的是和野口老師成對的情侶對戒。我很明白那個戒指對織田而言意義有多麼重大，不過，我不會退讓。對如今的我們而言，那個戒指會成為阻礙。

坂上和夏目用訝異的表情偷看我們。織田則用打量的目光看著我。

「一定要嗎？」

「我不會要求一定要拿掉。不過，織田如果戴著它的話會變得很麻煩。」

「為什麼？」

「稍微想像一下就懂吧？我們現在處於什麼立場，又為什麼要變得有名。」

遊戲玩得很好、有不輸電視臺工作者的企畫力，或者需要有一般人無法模仿的財力才能辦到的玩法，這些魅力之處我們都沒有。

對於年紀還小的我們而言，觀眾想看的是男性朋友一起遊玩的天真模樣。

「如果被發現織田有交往對象的話會、那個……」

「對團體會有負面影響對吧。我知道了。」

織田如此說著，很乾脆地將戒指拔掉。雖然他表情沒變，我卻受到了打擊。因為勉強織田的不是別人，正是我。

「錄影的時候就由松尾保管吧。」織田邊說邊將戒指遞到我面前。我用放在旁邊的眼鏡布將戒指包起來。布料的顏色是黃色。

「那麼，就先玩一場示範吧。因為是自訂規則（Houserules）。」

我咳了一聲，三個人各發七張卡牌，然後將其餘卡牌的牌面朝下，放在桌子正中央作為牌庫，最後翻開牌庫最上方的一張卡牌，放在牌庫旁邊。翻出來的牌面是藍三，遊戲就從這張牌開始進行。

當自己手上的卡牌裡有顏色相同或數字相同、符號相同的卡牌時才能出牌，沒有可以出的卡牌時就從牌庫抽一張。出牌時手上只剩一張牌的玩家必須喊出「UNO！」，忘記喊的話就要從牌庫再抽兩張卡牌。第一個把手上卡牌全部出完的玩家就是贏家。

符號卡牌的種類有「＋2」或「＋4」牌，以及「反轉牌」、「禁止牌」和「萬用牌」。如何運用這些牌就是UNO的重點。

「接下來是自訂規則。這是我國小時期和織田玩UNO時使用的規則。在這個規則裡，紅色是火屬性、藍色是水屬性、綠色是草屬性，然後黃色是電屬性。所以是水剋火、火剋草、草剋電，電則是對水時最強。所以遇到紅色卡牌時要出藍色，遇到藍色卡牌就出黃色……這就是出牌規則。然後『＋4』牌只能用數字三來反彈。」

「玩起來不會很亂嗎？」

「就是亂才好玩啊？我們把這個玩法命名為寶可夢系統。」雖然織田語氣很得意，不過提出這個玩法的人是我才對。而且，寶可夢裡的草屬性根本就不能剋電屬性。

「機會難得，就從試玩開始拍怎麼樣？反正錄影功能一直開著就會全部拍進去對吧。」

「好~來想懲罰方法吧。輸的人就處以那個、芥末泡芙之刑。」

織田大聲宣告著，坂上則邊嘀咕「芥末泡芙是什麼啊？」邊露出明顯厭惡的表情。

「就是把芥末醬擠到泡芙裡面吃掉。」

「啊？你該不會是為了這個才買泡芙的吧？我就覺得奇怪，織田怎麼會買這麼多甜食過來。」

「芥末啊……織田是不是很喜歡拷問~？」

「不要輸就好啦！而且懲罰越可怕才會越認真玩啊？」

雖然織田氣勢十足地鼓勵著，但我們之中最討厭芥末的人就是織田。他的味覺跟小孩子差不多。

夏目無奈地聳肩。

「那就用這個玩法來玩吧。所以，要決定由誰先出牌？」

「好啊。『沒重複的人先贏——』」

織田出拳頭，坂上、夏目和我是剪刀。從各方面來看都是我們慘敗。

「那我先出牌。」織田說著從手牌中拿出一張。

遊戲就此進入白熱化。我們甚至玩到完全忘記旁邊有攝影機在錄影。

「唔哇，是反轉牌。」

「我剩最後一張，是紅色卡牌。所以希望有人出紅色呢~沒人要出紅色嗎？」

「芭焦的腹黑作戰出現了。」

「抱歉喔，芭焦小弟。我要出藍色。」

「好的，謝謝幫忙～我贏了～」

「這傢伙又騙人！」

「都給我跪下吧！看我的，『＋4』！」

「咦咦咦～信張手裡那麼多卡牌怎麼會沒牌可出呢？真有趣啊～」

「好耶好耶好耶！ＵＮＯ！」

「這次換田村麻呂。說說看，你想要我出什麼牌？」

「當然是選藍色，我的代表色！」

「真的要藍色嗎？好可疑～」

「心理戰開打了。」

「我……我要出三張『＋2』！」

「為什麼你有那麼多張『＋2』！你這混帳的隱藏＋牌控！」

「我還有十五張卡牌喔，有好幾張『＋2』還好啊。」

「啊，剛才漱十忘記說ＵＮＯ吧。」

「咦？」

「再抽兩張，現在馬上抽！」

麥克風捕捉到現場散亂的對話。鏡頭下映出的四雙手各有特徵，即使手上沒有寫名字也能一眼看出是誰的手。夏目的手細長漂亮，織田的手骨節分明且長著明顯的筆繭。坂上的手長得很粗壯，我的手則是像小朋友一樣小。手長得不像，也算是我們的強項吧。

結果這場UNO大賽，是以我優勝、夏目最後一名的結果收場。

看著夏目吃下芥末泡芙被嗆到說不出話的模樣，我們笑到肚子都痛了。

而且我心裡十分確定，這個實況影片一定會大受歡迎。

○於打烊時分開始播放　十二小時前

『感覺變成好遙遠的存在了。』

第四章

『男高中生用自創規則進行UNO卡牌對戰！【眞人實況】』

觀看次數：518,356次・2019/07/28

1,072則留言

『從影子就能看出信張很有品味。』

『可以斷言漱十絕對是帥哥。和服超棒！』

『超愛漱十先生和信張的搭檔，拜託兩位出更多實況。』

『隱藏+牌控wwww』

『04:38　嗨到讓攝影機出狀況

06:21　漱十的帥哥音

07:15　「咦？」「咦？」

08:23　天才登場

09:04　嗆住的漱十』

『芭焦可以不要這樣笑嗎？聽起來有夠假，而且笑得很勉強的樣子，改成專心做影片剪輯對他來說比較好吧。之前當輔助人員時的感覺還不錯。』

↓『您不覺得說這種話非常失禮嗎？四個人一起才是愛呼喊。』

↓『討厭就不要看。』

↓『躲在芭焦背後的田村麻呂才是最噁的吧？之前的實況也是這樣，他不知道氣氛被他弄得很糟嗎？』

↓『我覺得他們玩得高興最重要。眞希望觀衆都消失。』

『蹭熱度的路人太多，留言區的氣氛好糟……不要吵架專心看影片不好嗎？』

↓『你才蹭熱度的路人咧，垃圾。』

↓『所有人都是從路人開始入坑！雖然我是從觀衆還很少的時期就開始支持他們，看到愛呼喊變紅還是覺得非常開心。請不要在還是高中生的孩子面前互罵，留下覺得快樂或喜歡之類的正向留言就好了！』

↓『希望信張他們可以用賺到的錢吃美味的肉！』

↓『吃壽司吧！』

↓『不要感冒生病喔！』

↓『只有這些留言是溫柔的……』

八月四日。手機的上鎖畫面顯示著今天的日期。我將手從滑鼠上拿開，往後將體重壓在椅背上。

實況影片爆紅已經是大約兩週之前的事。把我們的頻道觀眾數量用曲線圖來表示的話，就是像尼加拉瓜瀑布倒流般飛速增加的形狀。現在增加速度已經進入平緩期。不過，雖說是平緩期，還是以平均每天五百至一千的速度在增加。現在訂閱數已經是二十六萬。以開始活動才大約兩個月的實況主而言，是很驚人的數字。有這個程度的訂閱數，已經能抬頭挺胸地說自己算是中間階層的YouTuber了。

「哎呀～觀看次數也穩定下來了。」

織田躺在我房間的地板上說著。今天是錄完UNO之後的下一次錄影日。坂上和夏目也以慵懶的姿勢看著他們帶來的漫畫。我心裡不由得對織田和夏目萌生出「他們賴在我這裡的時間該不會比待在他們自己房間還久吧」的疑惑。

「真沒想到進展得這麼順利。」

我將手肘靠在電腦桌上撐住臉頰，感慨地自語。

回過神來，那些不尋常的體驗也已經變成日常，對影片觀看數的感動和驚訝也逐漸變淡。說實話，我現在的感想就是「已經上軌道了呢」。

『栗寶寶炸彈太難通關結果朋友瘋掉了！【瑪利歐創作家】』
觀看次數：3,021,711次・2019/07/21
『不知吞食花爲何物的男人　Part2【瑪利歐創作家】』

觀看次數：2,402,731 次・2019/07/24
『男高中生用自創規則進行UNO卡牌對戰！【真人實況】』
觀看次數：518,356 次・2019/07/28
『男高中生一起打網球！【瑪利歐網球 王牌高手】』
觀看次數：139,693 次・2019/07/31
『那傢伙的媽媽，該不會是害羞幽靈的親戚？ Part3【瑪利歐創作家】』
觀看次數：1,882,155 次・2019/08/04

將這些影片觀看次數做比較，就可以看出觀眾的喜好。首先，瑪利歐創作家系列的觀看次數壓倒性地高。就算是續作也能維持高觀看次數，留言和按讚的數量也很多。

四人實況影片的觀看次數大多是十萬至二十萬左右，只有UNO實況的觀看次數特別高。因為是頻道裡罕有的真人實況吧。實際上，真人實況上傳之後推特的跟隨者也跟著暴增。

「可是話說回來，信張和漱十的人氣也紅太多了吧？」

坂上把漫畫往地板隨手一放，以單腳立起的姿勢重新坐好。他腳上的黑襪拇指部分磨損得很明顯，看起來像快要破掉了。

「怎樣，嫉妒嗎？」織田爽朗地笑了笑。坂上說得沒錯，四個人之間確實有明顯的人氣落差。

「因為你們是在我去拉麵店打工端碗盤的時候變紅的啊。話說松尾，我也想參加瑪利歐創作家系列。」

「嗯～坂上要參加的話，還是開一個新的四人實況系列吧。因為現在這個系列的重要看點是織田和夏目。」

「意思是我參加會讓觀看數下降？」

「我、我不是那個意思，只是說要優先確保織田和夏目的人氣。」

一直做同樣的內容，很容易失去新鮮感。大部分的內容會在失去新鮮感之後變得無人問津，所以得先做出一個人氣商品，才能確保觀眾的需求。

想到這裡，我不由自主伸手摀住自己的嘴。

我們的影片是商品嗎？

「織田的推特跟隨者超過十五萬了耶。夏目也有十三萬。為什麼我是兩萬？跟松尾差不多。」

「我的跟隨者會變多，是因為影片的上傳公告都是在我的帳號發布吧。」

坂上的牢騷被織田輕輕帶過。我是最近才開始拜託織田發布影片上傳的公告，因為用他的帳號發布會比我的更有擴散度。所以也拜託他在帳號自介上增加一行「愛呼喊的影片上傳日期是每週三和週日晚上七點！」的說明文字。

「要怎樣才能讓我的粉絲變多啊？你們隨便發一個廢文都會有超多回應。真好，我也想增加人氣。」

「人氣這種事，只是暫時的啦。而且話說回來，我和織田會這麼有人氣都是靠松尾的剪輯技術啊～」

夏目用手指捏起洋芋片，邊吃邊發出清脆的咀嚼聲。雖然覺得夏目是在為我講話，不過看到他無精打采的表情，又覺得這應該是他的真心話。

坂上不服氣地噘起嘴。

「照這樣說，我不就變成不必要的傢伙了？」

「沒有這種事。四人實況也有一定程度的觀看次數。和受歡迎的系列相比，雖然會有人氣不夠高的感覺，不過觀看次數有十萬已經很厲害。不久之前觀看次數只有十位數而已。」

「那些四人實況的觀看次數大部分還不是為了看織田和夏目才來的？結果我們出現在實況裡反而變得很扣分。」

「坂上你今天很難搞耶～趕快接受現實啦～」夏目開玩笑帶過。我被夏目的應對方式嚇出一身冷汗。雖然坂上裝作開玩笑的樣子，但是他心裡確實累積著不滿。

「好啦好啦。坂上的人氣從現在開始應該會逐漸上升啦。」

「為什麼松尾能這麼冷靜？你不想變成網紅嗎？」

「說什麼網紅。」

坂上將紙張揉成一團球，往苦笑的我丟過來。用的是放在我房間裡印表機上的，純白的印刷用紙張。

明明是還沒用過的紙，那個紙團卻被織田撿起來，直接丟進垃圾桶。

「話說回來，松尾的報告呢？」

「報告……喔，是指收益化的事情吧。」

「咦！終於可以拿到錢了？太棒啦。」

剛才還一副不服氣的樣子的坂上，頓時眉開眼笑。夏目站在我後面看電腦螢幕。

「有多少錢呢？」

「這是各個影片的收益化圖表……金額會隨插入影片的廣告數量有所不同，不過我在瑪利歐創作家之後就有統一插入廣告的數量和時間點。而且因為任天堂官方允許用他們家的遊戲做實況影片開啟收益化，所以全部都通過了。」

Youtube的廣告有很多種類，而且投稿者可以自行設定。比如不是以影片形式呈現，而是放在畫面側邊的刊頭廣告，以及顯示在畫面固定位置的覆蓋式廣告。最能吸引觀眾注意力的就是類似電視廣告的短影片廣告。

在影片中插入太多廣告不但會讓觀賞體驗變差，也會削弱觀眾的耐心，然而完全不放廣告就無法賺取收益，變成免費做慈善。成為知名實況主之後，人氣越高，收益化的界限就會變得越難控制。

「喔喔，金額很高耶。這個程度的話，我辭掉打工也沒問題呢。」

坂上湊過來看畫面，發出感嘆聲。因為大家都在看同一個螢幕畫面，很自然地形成肩並肩的狀況。織田輕輕打了一下呼吸變得激動的坂上，順勢拍一下我的後背。

「說到收益的分法，我其實覺得松尾應該拿一半。」

「你是認真的嗎？」

我不自覺地發出驚愕的聲音。我們從實況影片獲得的收益金額，早已超越小孩子的零用錢程度。如果能維持目前的人氣並繼續增加影片，就算是四個人平分，數字也超過上班族的收入。以全職YouTuber為志願的想法頓時在我的腦中一閃而過。

現在的我雖然沒有想選擇這條路，但是未來的我也可能會改變心意。

「真到不能再真。大致來說，在我們之中負擔最重的是松尾吧？製作影片的器材全部是松尾準備。遊戲軟體和這個房間也是，還幫我們剪影片，拿太少的話會變得和付出不成正比吧。」

「雖然明白織田想要肯定松尾的心情，但我覺得給一半還是太多了～」

夏目的雙眼微微瞇起。平時散發著柔和光芒的瞳孔，籠罩上冰冷的暗影。

「說到底，以影片來計算才合理吧？不按照各自出場的影片金額去分，就會造成不勞而獲的狀況。」

「不勞而獲是在說我嗎？」坂上皺起眉頭說。身材高壯的坂上一發出低沉的威嚇聲，我就不由自主地縮起肩膀。

為了不讓矛頭轉向我，我無意義地移動著放在滑鼠上的右手，螢幕上的白色滑鼠游標像蒼蠅般晃來晃去，十分礙眼。

「本來就是吧？現在影片數量不多所以是這個金額，以後說不定會逐漸變多。這樣一來，不嚴格規定計算方式的話就會造成問題。既然目前增加的大部分觀眾是為了看我和織田，就更該這麼做啊～」

「原來夏目這麼市儈。」

「不是市儈，只是因為知道，如果這種時候無法達成能讓所有人心服口服的共識，會很不利於往後的發展。正因為我很中意目前四個人聚在一起的時光，想成為可以持續發展的關係。所以和錢有關的事，在初步階段時更需要達成共識。」

「那你們兩個一起實況的影片怎麼算？松尾又沒有一起玩。」

「當然會確保松尾的分成。我很贊成所有經過松尾剪輯的影片，都應該給松尾比其他人更多的分成。畢竟我們的影片能大獲好評，是拜松尾所賜才能達到的成果。」

「那就這麼決定了。」織田說著輕輕拍一下手掌。剛才還在爭論的坂上和夏目，都將視線投向織田。

「四人影片的話就是松尾拿四成，我們各拿兩成；我和夏目的雙人影片就是松尾拿四成，我和夏目各拿三成。總之無論松尾有沒有參與實況，松尾都要拿到最多分成。這就是我提出的絕對條件。」

「不用了，雖然很感謝織田幫我說這些，但是我當YouTuber的動機並不是為了錢。普通地平分成四份就好——」

「不可以。」

我的話被打斷，立刻閉上了嘴。織田將手放在我坐的電腦椅背上，將我連人帶椅子轉了半圈。

回過神時，原本背對大家的我，就這樣暴露在織田的雙眼前。因為無法把臉藏起來，我只好垂下雙眼。包覆著雙腳的襪子，是帶著成熟感的紅。

「我不是在說你的目的是賺錢，而是說你付出技術就應該收下應得的酬勞。不要賤價出售自己的勞力，也不要把被人輕視，當作理所當然。」

臉好燙。織田直率的話語猛然刺上我隱藏在自卑與膽怯縫隙間的心臟。我使勁握緊逐漸失去感覺的指尖。

我知道織田指的是什麼，也為這份心意感到高興。但是我一直很害怕，怕我收下酬勞、獲得評價之後，有辦法回應這些期待嗎？

當然，我絕對不想把這種軟弱表現出來。我想成為讓織田覺得很厲害的人。無論發生什麼事，都不想讓他知道我悲慘而令人失望的這一面。

「我覺得這樣很好喔～如果之後把這些寫成書面文件最好。」

「好啦，夏目和織田這樣說的話我也沒意見啦。」

在輕輕揮手的夏目旁邊，坂上難為情搔搔臉頰。織田站著，低頭看著坐在椅子上的我。

「松尾也覺得可以吧？」

「呃……」

「說『嗯』就好。」

「啊、嗯。」

「很好！錢的部分就到此結束！」

受到織田俐落地拍板定論的明朗態度影響，這次我發自內心頷首「嗯」了一聲。我移動滑鼠游標，將YouTube畫面連著瀏覽器頁面一起關閉。

當我要開始做錄實況的準備時，坂上半舉起手問。

「欸欸，收入是以件計算的話，那我可以開直播嗎？單人的。話說我想創一個自己的頻道。」

「沒問題啊，不過剪輯要怎麼辦？」

「我也不會剪輯，所以想先開直播看看。而且正好是暑假對吧？晚上我可以開個直播什麼的。」

真的會有人去看嗎？我不想對充滿幹勁的坂上潑冷水，於是將率先浮現在腦中的擔憂和唾沫一起嚥下肚。

「坂上一個人沒問題嗎？」

「怎樣？你是說我一個人做不到嗎？」

「沒有，我不是這個意思。畢竟基本上我們這個品牌的主要賣點就是四人組。」

「喂，不用講得這麼誇張吧。我有人氣的話也能回饋給團體這邊啊？而且太倚賴松尾幫忙也不好，我想變得能靠自己做到很多事。」

坂上都說到這個地步，我也沒有阻止他的理由。於是我點點頭，得到坂上拍著胸膛說「看我的吧」的回應。

全程旁聽的織田，用懷疑的表情看著坂上。

「想靠自己做到很多事是很好，不過別鬧出問題喔。特別是關於女性方面。」

「知道啦。我又不傻。」

「話雖這麼說，你不是有在推特和粉絲用DM互動嗎？」

DM就是Direct message的簡稱。是推特的功能之一，當使用者不想將對話內容公開，並且只想和特定對象互動時，就會使用DM功能。

被織田揭穿之後，坂上的目光開始飄移不定。坂上真的很不擅長說謊。

「你、你為什麼知道？」

「因為我搜尋愛呼喊的時候查到有人發推文說和你在DM互動。」

「不要搜尋我們啦。」

「總而言之，你不要對粉絲出手。在爆紅之後失敗的人，通常是敗在和女性有關的方面。原本不受歡迎的男生，突然被人吹捧後不小心做錯事的例子太多了。」

「你是說我不受歡迎？」

「這是事實吧？」

「是事實啊。」

坂上的表情瞬間消失。看到坂上板著臉的樣子，織田忍不住噴笑，然後坂上故作誇張地揮動手臂，朝織田的肩膀輕輕揍一下。織田也故意誇張地踉蹌一下，兩人一起哈哈大笑。這種互動是織田和坂上之間的常態。

「你們兩個，快點過來坐好。要開始錄實況了。」

「好──」

我拿出四人份的控制手把，接上遊戲主機。今天要玩的遊戲是「超級瑪利歐派對」，是著名遊戲瑪利歐系列的作品之一，於二〇一八年時在Switch平臺上發售。我們以前也做過這個遊戲的實況，特色是結合了雙陸遊戲與各種小遊戲，也是最適合四個人一起玩的多人遊戲。

「從起點走到終點大約需要兩小時，所以我打算把這次實況切成四支影片。那麼，大家拿好手把了嗎？」

我話聲一出，其他三人就舉起手裡的控制手把。我啟動瑪利歐派對的遊戲軟體，朝往常的老位置坐下。織田盤腿而坐，檢查著聲音和畫面有沒有延遲。這是每次錄影前的例行確認動作。

「那麼，等一下就在標題畫面一起喊『超級瑪利歐派對！』作為標題口號喔。」

聽見織田的指示後，我們點頭表示了解。話說回來，拍攝實況時由織田負責發號施令是從哪一次拍攝開始的呢？

「預備──」

「超級瑪利歐派對！」

螢幕上亮出遊戲的標題畫面。我邊看螢幕，邊在腦中自己思考哪一種剪輯方式更適合這場實況。

錄影在兩小時十五分鐘之後結束，和我預計的差不多。經過一番吵鬧喊叫，出了一身汗的織田拿起遙控器，將冷氣調降兩度。我則是確認錄影檔案有正常儲存之後，坐到坐墊上。

我房間裡的小桌子是長方形。大家宛如獲賜領地一般各自占據桌子的一邊，圍桌而坐。現在開始要進行的，是由織田主持的檢討會。

「那麼，接下來就開始提出對今天錄影的意見。首先是坂上，你不要在夏目裝傻的時候蓋掉他的聲音啦，每次你一亢奮就都不看狀況。」

「好、好喔。」

「松尾也別在氣氛冷掉的瞬間用乾笑帶過去。那個笑聲會讓人連補救都做不到。」

「對不起。」

「還有，不要在我和夏目遇到懲罰關卡的時候過來關心。雖然知道你是預測觀眾會有這種反應，但反而會打擾到我們對懲罰做出的反應，結果變得很難笑。」

「嗯，真的很抱歉。」

「至於夏目……嗯，沒什麼需要特別說的。」

「咦，被這麼一說反而會覺得難過耶。」

某個時候的反應太古怪、行動時要以炒熱氣氛為重點、被吐槽的時候不要沉默以對、輸掉的時候要避免陷入低潮，以免讓觀眾跟著冷掉等等。

織田的指摘都很正確。只不過，持續對其他人指出正確作法的行為就不在正確範圍內了。

「啊～好啦好啦，知道了啦。」

坂上彷彿在表達已經聽到厭煩了，低頭倒在桌面上。像這樣的檢討會，是在實況影片觀看次數暴漲之後才開始的。因為氣氛會變差，所以我不太喜歡這段時光。

「松尾也說吧，有在意的部分就說出來。因為影片是由你剪輯的。」

「不過，織田已經把問題點都說出來了，我沒什麼想說的。」

「不用客氣啦。畢竟你是愛呼喊的參謀啊。」

「啊哈哈哈……」

「不對，這時候不應該笑吧。」

聽到織田用冷淡的語氣這麼說，我的臉頰抽搐一下。織田不讓我蒙混過去。

「啊～不好意思。我差不多該去和佳代約會了。」

一直在用手機的夏目像要打斷險惡的氣氛般站起身來。我有想過他今天怎麼難得穿現代服裝，原來是因為和本間同學有約。

「我也要走了。」坂上像搭夏目的順風車一樣揹起背包。看他的態度就知道他不想再聽織田責備了。

夏目將長長的頭髮勾到耳後，刻意微微歪一下頭。

「織田也要走嗎？」

「沒有，我再待一下。」

「不要給松尾太多壓力喔～」

「啊？我沒有給他壓力吧。」

織田因為太激動而噴出唾沫。夏目則是無奈地聳聳肩。

「松尾，這傢伙毫無自覺，所以你不用太勉強喔。我就算不當 YouTuber，只要能和大家一起玩遊戲就夠了。」

「喔出現了，夏目的耍帥模樣。既然要做，當然會想做出成果吧。」

「我不是在指那個。而是在說動機。」

夏目朝我微微一笑，我的喉嚨湧上熱度。我的軟弱被夏目看穿了。他選擇這種迂迴的說詞，大概是因為想要保護我的自尊心。

我閉上眼，掩蓋變得濕潤的雙眸，然後故意牽起臉頰，用笑容來緩和氣氛。

「沒關係，我也很愉快。」

「那好吧。下次錄實況再見了。」

「搞不好我在下次實況之前也變成知名直播主了。」

「好啦好啦。」

在玄關目送夏目和坂上離開後，我和織田沉默地回到房間。我坐在電腦前的椅子上，織田則是坐到床邊。

為了做剪輯，我開始檢查錄影檔。在檢查過程中，織田一言不發地不停滑著手機。電腦喇叭傳出四人的笑聲。我們在那小小的畫面中，看起來就像感情非常好的樣子。

「為什麼要留下來？」

我邊思考該在哪裡將影片分段，邊朝織田發出疑問。因為背對他的關係，我看不見織田現在是什麼表情。即使如此，還是能從氣氛察覺到他停止滑手機的動作。

「我留下來不好嗎？」

「不，沒有不好。」

只不過，和織田獨處會覺得緊張而已。可能是因為不習慣做剪輯時有人在旁邊看。我關掉螢幕畫面，原地轉動椅子。認真盯著織田的臉看一陣子後，他很不自在地舉起手放在脖子後方。

「不做剪輯了嗎？」

「等織田回去之後再做。」

「是在暗示我早點回去嗎？」

「不是這樣，只是好奇你為什麼會留下來。」

織田微微彎起背。我毫無意義地以腳底摩娑著地板。冷氣運作聲聽起來異常響亮。但先前四個人都在的時候都沒注意到。

「那個……」

「嗯？」

「你不拍那個了嗎？」

「那個是？」

「PV啊。就是你之前說過想做的。你最近不是一直在做實況影片，所以我才問你不去做自己想做的事嗎？」

「啊，原來是為了這件事。」

我的嘴角很自然地浮起微笑。織田不服氣地垂下嘴唇說：「為什麼要笑啊？」

「不是，抱歉。關於PV我是覺得暫時不用繼續做了。」

「啊？」

「啊，不是因為厭煩才不做。我現在還是很喜歡櫻田同學的歌。只是覺得以目前狀況而言不適合做這件事。暑假結束後，能用在影片後製上的時間會一口氣變少，要趁現在多準備一些當存貨才行。說實話，我覺得個人興趣的影片不做也無所謂。」

「你在說什麼啊？」

織田氣勢洶洶地站起來，使床鋪發出吱嘎聲。為了不看織田的表情，也為了不讓織田看到我的臉，於是我用腳踢地板，讓椅子調轉方向。

「織田也知道吧，現在正值關鍵時期。」

「我是因為，想要跟你一起做你想做的事～」

「不對吧。不是『你』，而是『我們』。織田想要做的，就是我想做的事。我也覺得既然要花時間去做，那當然是做能吸引很多人來看的影片更好。有觀眾回饋才會更有幹勁。所以你不用在意PV的事啦。」

織田將手搭在椅背上。椅子被他強制轉換方向，使我不自主地抬起頭。織田的手落在椅子扶手上，他那頎長身軀的影子，籠罩住我的全身。

前有織田，後是椅背。或許是出於逃避現實的心態，我傻傻地如此想著。過於接近的距離令人感到窒息，面無表情的織田好恐怖。

「怎、怎麼了？」

「我是不是做錯了什麼？」

「你是指什麼？」

「我無論如何都想讓影片觀看次數增加。因為很清楚你為了我們做得有多拚命，所以，我用了所有能用的手段。可是我們出名之後，你卻變得有點怪。你為什麼不像坂上一樣覺得高興？」

「用了所有能用的手段……可是我們的影片是偶然紅起來的吧？是因為正好有粉絲發的推文被大量轉發。」

「你真的覺得是偶然嗎？」

我的喉嚨滾動了一下。或許是因為織田雙眼裡映出的世界過於透徹，導致我說不出話來。纖細的銀色戒指在織田捉住扶手的左手上閃著光芒，指骨輪廓和青色的血管清晰可見。

我動了下嘴唇，勉強呼出一口氣，以混濁的聲音低啞地問。

「……不是偶然嗎？」

「我有拜託朋友幫忙宣傳。大概找了三十幾個人吧。我問他們能不能在推特和ＩＧ上裝作不經意地推人去看，每次上傳新影片他們就會幫忙發文。然後那一天，終於有個國中朋友的推文爆紅了。他們發的文加起來大概總共有破百吧？我們的運氣真的很好，可以靠這樣紅起來。」

「照你的說法，那個爆紅的推文其實是業配嗎？」

「業配是什麼？」

「就是隱性行銷（Stealth marketing）的意思。隱瞞其實是收錢做宣傳的事實，把特定的商品公關包裝成個人心得文。網路上不是經常有業配鬧出的事件嗎？」

「沒，我完全不知道。話說我也沒給他們錢，所以沒什麼不可以吧？」

「不可以啦。這是作弊耶。」

「為什麼是作弊？像我們這種沒有名氣的邊緣人想要奮鬥的話，就只能靠頭腦想辦法吧。」

「萬一你朋友把我們的真實身分洩漏出去該怎麼辦？你做的這些事有太多風險。」

「我朋友都是可以信任的人，而且已經有成果了，有什麼關係。為什麼要一直抱怨？」

「因為業配是不被允許的行為。假設織田發推文分享自己喜歡的遊戲，卻被人說「反正只是在收錢打廣告」的話會作何感想？業配就是這種行為，不止你自己，還會讓所有人最直率的感想都跟著被貶低。」

當初轉發那則推文的人，一定不覺得那是宣傳文吧。織田說得再好聽，他做的實際上就是背叛這種信任的行為。

「這種做法，我並不喜歡。」

我舉起雙手推開擋在面前的織田胸膛，但織田一動也不動。

「織田，讓開。」

我希望自己的表情看起來是詫異的。織田只是彎下腰，我們的臉就變得十分貼近。但我不想看到織田現在是什麼表情，而將目光移開。同時我也對比起焦躁，害怕更勝一籌的自己感到很難為情。

「松尾，你會覺得當初沒做 YouTuber 就好了嗎？」

「現在說這個做什麼？而且先來邀我的人是你吧。」

「所以才問你啊。我做的事情，是不是讓你受到傷害了？」

「再繼續說蠢話我就踹你喔。」

「你要踹哪裡？」

「雄性智人的弱點。」

織田發出「唔」的哀號聲，這才終於離開椅子。在我眼前故作滑稽地護住胯下的織田看起來一如往常，剛才雙眼發光的銳利模樣已經徹底消失了。我感到安心了一點，強調無奈似的誇張地嘆一口氣。

「難得聽到你說出這種暴力發言。」

「我本來不想說的，但感覺到了人身危險。唉，織田你差不多該回家了吧？我接下來要開始剪片了。」

「你好像很嫌棄我的樣子。」

「有自知之明就好。好啦，快回去。」

我擺出趕人的手勢之後，織田邊抱怨邊伸手拿起背包。那是一個小得只裝得下手機和錢包的包包。我送織田到玄關，說著「那下次錄影見。」準備關上門時，織田朝我投來依依不捨的眼神。就在門就要關上時，他的鞋尖突然擠進來，卡住門縫。

「對不起。」

突然收到出乎意料的道歉，我眨一下眼。織田刻意朝我咧嘴一笑。

「我啊，覺得松尾的才華應該要獲得更多人的稱讚，所以做了很多事。但萬一其實你只想當成興趣默默地做吧。」

「並沒有，我有說過只想當成興趣默默地做嗎？變得受歡迎，我很高興啊。就算看到惡意留言，也只覺得不過如此而已。我沒事的，織田倒不如多注意坂上。」

「為什麼？」

「什麼為什麼，他看起來就很在意啊。」

「那傢伙沒問題啦。他很堅強。」

「那麼，也跟相信他一樣相信我吧。」

「松尾和坂上又不一樣。頭腦越好的人就越敏感。」

「只有織田會這麼想。好了，我要關門了。你趕快回去。」

用手做出趕人的手勢。織田的嘴像還想說什麼似地開開闔闔，但可能隱約察覺到自己保護過度，最終還是闔上了嘴。

「下次見。」

我揮揮手。織田也說著「好」，不太自然地揮了揮手。我確認織田的手放開門之後，將門緩緩鎖上。

一人獨處的瞬間，我的雙腿頓時失去力氣，穿著拖鞋癱坐在地。為了讓徹底涼透的指尖回暖，我將手掌放在自己的後頸上。

獲得稱讚讓我覺得很開心。自己做的作品收到回饋，只是這樣就覺得值得了。然而在獲得一定程度的評價之後，我的心情也逐漸跟著改變。

持續增加的觀眾數量以及不禮貌的留言。原本只是出於興趣的衍生行為，回過神時卻變得只在意是否會辜負他人的期待。

有時一千句稱讚也敵不過一句中傷。明知道不要去看就好，卻還是會去搜尋關鍵字，然後擅自受到傷害。以前曾有過把網路評論比喻成廁所塗鴉的年代，但這種說法已經不適用於這個年代。如今的網路評論是類似車站附近發的傳單，平時會看都不看，直接走過去，然而當接收者注意到的瞬間，任誰都能讀到那些內容。

宣傳性質的推文也一樣。每當我發表推文時，就會有很多人給予回應。其中有善意的，也有惡意的。

明明幾個月之前才因為有一個人點讚而高興到跳起來，現在通知欄的顯示卻被統整成一條「最愛看實況和其他兩百三十一已喜歡你的貼文」。點讚和留言看起來只是一串數字，卻只有那些謾罵我們的留言變得格外顯眼，使人無法忽視。

呼出口的嘆息，落至玄關地面又彈起。我站起身，將室內拖鞋脫下來留在原地。不去剪輯影片不行，我如此想道。

因為未曾謀面的某個人，今天也在等待著「我們」上傳影片。

日期進入八月，我們仍然持續著以製作影片為重心的生活。錄影、剪輯、上傳影片；製作影片、某些人來看影片；製作更多影片，又有某些人來看影片。雖然重複著相同動作，平均觀看次數卻穩定在十五萬左右。我感到不能再這樣下去，觀眾總有一天會厭倦。然而我同時也抱著「照這樣持續下去沒什麼不好」的想法。因為觀眾會來看我們。

我伸手揉著因為持續沐浴在藍光下而疲勞的雙眼，今天也繼續守在電腦前面，對螢幕而坐。製作影片時的我，是孤獨一人。

【織田・松尾・坂上・夏目】

『今天』

坂上明彥：『快看快看！有粉絲做了我們的介紹網頁！http://www……』

夏目：『自我搜尋找到的？』

坂上明彥：『一般人會問這種問題嗎？』

織田博也：『喔喔～有種我們終於也加入知名實況主行列的實感耶！』

剛過八月中旬不久時，坂上拿這件事來連絡我們。當時我因為製作影片而熬夜，醒來時才發現自己睡著了。還因為趴在桌上睡，右臉被鍵盤壓出凹凸不平的形狀。

我摸過因為接二連三的通知而不斷發出震動的手機，將LINE打開。可能因為坐在椅子上睡著的關係，我的全身上下都在喊痛。

坂上貼在群組裡的網址，是在YouTuber圈中專門討論遊戲實況主的網站。因為是知名網站所以我去瀏覽過很多次。在各個實況主的介紹文章下方會有留言板，各自的粉絲會去留言討論。而我們的團體名稱，泰然地列在各大知名實況主旁邊。

『請大聲呼喊愛吧』，是在YouTube發布遊戲實況影片的四人團體。公開表示全體成員都是現任男高中生。被簡稱爲「愛呼喊」。

後面還有多的介紹內容，而且每個成員都有各自的介紹網頁。在我們頻道裡當作頭貼來使用的四人點陣圖被大大地張貼在頁面中。這類介紹頁面果然都是未經原作者許可的轉載行為啊，我邊如此想著邊點開信張的頁面。

『信張』

是這個實況團體的隊長，也是邀請其他成員一起實況的發起者。曾公開表示討厭歷史，完全不知道坂上田村麻呂的存在。特徵是明朗的聲調與誇張的反應，經常喜歡裝傻。部分粉絲暱稱他爲「信」。網路名稱的由來是取自織田信長。

其他三名成員也是類似的描述，記錄了一些在實況影片中閒聊過的內容。

『漱十』

比其他三位成員年長一歲。固定的開場白是「吾輩名爲漱十」。是所有成員中聲調最低的一位，偶爾會被自己過低的聲音嚇到。喜愛落語，經常突然說起落語的話題後被成員嫌棄。眞人實況時的衣著是和服外套。暱稱是「漱十先生」。網路名稱的由來是取自夏目漱石。

『芭焦』

特徵是中性的聲調。個性基本上屬於溫和型，不過讓他玩恐怖遊戲的話就會爆怒。經常被成員強行要求「做一首俳句[44]」。負責團體所有實況影片的剪輯後製，所以被信張稱爲「愛呼喊的地下老大」。網路

44 日本古代的定型短詩，最早出現於日本平安時代的《古今和歌集》。因為松尾芭蕉是日本著名俳句詩人，在這裡被用來當成和芭焦開玩笑的梗。

名稱的由來是取自松尾芭蕉。

『田村麻呂』

特徵是稍低的聲調與強烈的吐槽。在團體中是被欺負的角色。擁有豐富的次文化知識，經常作出知識深厚的發言，但基本上都被成員無視。負責冷場笑話。網路名稱的由來是取自坂上田村麻呂。

進一步點開頁面後，除了貼上引用的實況影片以外還記載著各式小插曲。就連我們用來炒熱氣氛的隨興閒聊，都彷彿在紀錄偉人的生平，詳細地紀錄在內。

『今天』

【織田・松尾・坂上・夏目】

松尾直樹：『連非常小的細節都紀錄進去了呢。』

織田博也：『很好很好，明年這時候說不定就會突破百萬訂閱。』

松尾直樹：『你這夢想太偉大了。倒不如說，照這個速度能到三十萬才異常呢。』

夏目：『因為瑪利歐創作家的實況太Big Bang[45]了～訂閱漲到這個程度已經是極限了吧，想讓訂閱數成長的話就只能和知名實況者連動吧？』

坂上明彥：『為什麼要說這種話！接下來才是開始啦！等著瞧，我會靠直播拉來很多粉絲！』

45 大霹靂。目前最受支持的宇宙起源理論，用來比喻一瞬間爆出某種非常厲害的事物。

織田博也：『我說，坂上你之後還要繼續那個直播？之前去看的時候，你不是超滑坡的嗎？被你喜歡的實況主影響太嚴重了啦。一看就很像愛出風頭但人氣很低的年輕藝人。』

坂上明彥：『才不是，是因為我還不習慣直播！』

織田博也：『要是太糟糕的話就不讓你繼續下去了喔。』

夏目：『不讓他繼續愛呼喊？』

織田博也：『不對，為什麼啊！我是說直播啦笑死。』

夏目：『嚇我一跳，還以為是宣告炒魷魚呢。』

坂上明彥：『才不是！』

松尾直樹：『坂上不用太著急也沒關係喔。』

坂上明彥：『我才不急咧！』

坂上是言出必行的男人，之前說想開直播的隔天，就創建個人頻道開始直播了。直播內容是「把寶可夢玩到破關為止」，從晚上八點開始直播約三小時。因為每天都會直播，所以今天記得是第十三天。

我基本上是以觀眾身分在看他直播，但他的評價不太好。我點開其中一個自動封存的直播存檔。

『**拖拖拉拉的寶可夢實況【2019/8/11】**』

觀看次數：2,311・2019/8/11

來看坂上直播的觀眾大約是六百多人。雖然第一次直播時引來大約三千人的觀眾，但之後就非常明顯地逐次減少。據我推測原因是出在直播內容。

總而言之，坂上直播時的語氣非常差。口頭禪是「啊？」、「鬼才知道」、「為什麼啊」，也不具備提升觀眾興趣的積極精神。明明團體實況的時候就不會這樣，為什麼……我思考著，然後察覺到一件事。

是因為平時都是織田在調整坂上的發言。錄實況的時候，織田經常以生氣的語調去指正坂上的消極態度。基於團體內部的人氣差距，坂上只能老實地接受織田的指正。

所以對這樣的坂上而言，個人直播就是專屬於他的城堡。是一個不需要遵守織田的要求，可以表現出真實自己的地方。然而坂上並不明白，真實的自己是最不適合在網路曝光的部分。觀眾想看的不是我們毫無矯飾的一面，而是適應網路環境後製造出來的，名為「請大聲呼喊愛吧」的架空存在。

我點開先前關掉的分頁，再次連上之前看過的介紹網頁。文章下面的留言板中，摻雜著來自粉絲和酸民寫給我們的留言。雖然頭腦明白不必特地去看，但我還是一條一條瀏覽起來。

『突然出現的一發屋。自以為學生調調很有趣就得意忘形地火力全開，看起來有夠尬。女生和小鬼頭才會去看啦。』

↓『不對不對，他們怎麼會是一發屋。雖然信張和漱十的雙人實況影片的觀看次數確實壓倒性地高，不過其他影片的觀看次數也有十萬，感覺已經是出色的中間階層。而且剪輯也很穩。』

↓『那種剪輯，隨便一個人都會做啦。套模板而已笑死。』

『除了信張和漱十以外都不需要。芭焦去專心做剪輯吧。剩下的火掉。』

↓『如果能讓田村麻呂停止直播就好了。他只會增加負面觀感而已吧。』

↓『都幾歲的大人了還在欺負小孩子，都不覺得丟臉嗎？田村麻呂是在用他自己的方式努力而已。』

↓『嗚哇，釣到信徒了。』

『爲什麼這群傢伙不每天上傳新影片啊？如果原因是太注重剪輯，那根本就沒搞清楚觀衆的需求是什麼吧。油土伯就是靠數量取勝。』

↓『油土伯是什麼？老人才會說的話？中老年不要跑來年輕人看的地方亂吠好嗎？有夠土的。』

↓『有感覺到剪輯就是芭焦自我滿足的部分。信張和漱十本身就是很棒的素材，明明可以放他們的全部對話就好。把觀衆想看的部分剪掉算什麼神剪輯，搞不清楚狀況的蠢蛋。』

↓『我懂。倒不如說，有一種信張把芭焦捧得太超過的感覺，所以芭焦才會這麼得意忘形。』

↓『信張根本不懂自己擁有多厲害的才能。這樣反而感覺很殘酷。』

↓『芭焦大概根本沒玩過遊戲吧。畢竟是只在遊戲實況裡看過遊戲的世代，所以沒辦法理解遊戲的眞正魅力之處。結論就是把這種只知道討好那些瘋追星的女生的人，放在團體參謀位置的信張才是萬惡根源。』

我覺得寫最後那段留言的人，智力一定不高。不但視野狹隘，連前提條件都搞錯了，還陷入自以為在冷靜分析的錯誤思考中。因為我們不會回應，就擅自把自以為是事實的錯誤內容四處傳播。大部分的黑粉，都是一些根本沒有認真理解我們的人。

悶悶不樂地想到這裡，我不由得自嘲自己也和他們一樣傻。會被人誤解，被造謠中傷，都是我一開始就知道會發生的事。

粉絲很喜歡我們，黑粉則是討厭我們。乍看是相反的兩群人，但雙方說不定在根本上是相同的。因為這種感覺，我從以前就知道了。

「我們在被人消費。」

舌頭上的話語無力地滾落在地。感受到苦澀緩緩在口腔中擴散，我響亮地咂嘴一聲。

——松尾同學，你明明早就知道了。

瞬間掠過腦海的，是那一天臉上露出淺笑的櫻田同學。閃爍在她雙眸中的輕蔑光芒，使當時的我渾身僵硬。

洶湧而出的回憶，從內部開始侵蝕我的大腦。

我和櫻田同學大吵一架，是發生在去年平安夜的事。我們那天一起外出，不過理由和浪漫兩字沒有半點關係，只是因為櫻田同學咬牙切齒地說「想對世上的情侶報一箭之仇」。所以我們依舊穿著學生制服，一起坐在人煙稀少的車站前休息椅上。周遭的景觀植栽被纏上一圈圈的燈飾，能感受到車站管理方想把景觀布置得時髦一些的心思。

櫻田同學小口小口地啜飲著從星巴克買來的星冰樂。因為搞不懂菜單上寫的「Short」或「Tall」之類的文字代表什麼意思，所以我點了和櫻田同學一樣的飲品。雖然當我看到菜單上寫的「開心果聖誕樹」時，油然生出一股這真的是飲品嗎？的恐懼感，不過嘗試去喝之後發現只是一杯美味的堅果汁而已。

「我們一起坐在這裡就算是對情侶報一箭之仇嗎？」

我戰戰兢兢地問出一直放在心底的疑問後，櫻田同學隔著絲毫沒有戀愛酸甜感的距離，發出一聲嗤笑。

「只要在平安夜和朋友待在一起，這一天就會變成和誰一起度過都行的日子。我只是為了強調這不是情侶專屬的節日而已。」

「不過，一男一女坐在一起不會被當成情侶嗎？」

「重要的不是別人怎麼看待我們，而是事實。而且以你的邏輯來看，兩男或兩女不也有可能是情侶嗎！」

我被握起拳頭，語氣粗魯的櫻田同學震懾，除了點頭以外什麼都做不到。櫻田同學說的話通常都是正確的。

櫻田同學將黑髮勾到耳後，發出啜飲聲吸著鮮奶油。她目光堅毅的雙眼，從整齊的厚重瀏海下方朝我看來。包覆在牛角釦大衣外的圍巾在後頸打成類似蝴蝶結的結。從長裙下襬伸出的雙腿，因為穿著褲襪而呈現純黑色。其實我長褲裡的雙腿也是穿著褲襪的狀態。

不過我和櫻田同學的差異之處，在於看得見和看不見。就只是這樣。

「話說，從聽松尾同學的建議開始上傳影片到現在也過滿久了，但是觀眾幾乎沒有增加呢。」

「現在訂閱人數有多少？」

「大概有一百。」

「我覺得有一百人已經很出色了。」

以Hikari的名稱建立頻道的櫻田同學，將至今為止的錄音檔都做成只有全黑畫面的影片，上傳到YouTube。雖然覺得櫻田同學作的歌曲很棒，但是只靠這一點果然還是很難讓觀看次數持續成長。

我含住吸管，啜飲著杯中的飲料。因為是第一次喝還不懂喝法，所以蓋在最上層的鮮奶油幾乎都殘留在杯底。

「如果想繼續增加觀看次數，就需要類似Hook[46]的東西吧。」

「比如說？」

「網路上比較容易增加觀看次數的，果然是能清楚知道是女孩子的影片……櫻田同學長得很可愛，可以試著露臉唱歌看看。」

「長得可愛」這句形容詞，使櫻田同學露出明顯不快的表情。

「我才不要露臉呢。而且我不喜歡發表那種強調自己是女生的影片。松尾同學也知道我很討厭

46 廣告中用來吸引注意力的鉤引句。

那樣吧。」

「但是漫無目的地上傳影片，很難讓觀看次數成長。如果是前幾年的話，就還有VOCALO可以巧妙地成為發表創作的窗口。」

「你說的VOCALO，就是米津玄師以前用來做歌曲的那個？」

VOCALO是VOCALOID的暱稱，是由山葉公司開發的語音合成軟體，也是活用這項技術所做出的商品總稱。只要輸入音調和歌詞就能合成出歌聲。

VOCALOID軟體當中最有名的當屬初音未來。初音未來於二〇〇七年時作為角色主唱系列的第一版發售至今，獲得了多數人的喜愛。以初音未來的發售為契機，從業餘愛好者到專業製作人等許多創作者都開始使用VOCALO製作歌曲，掀起一股VOCALOID熱潮。

「我覺得想吸引觀眾對內容做出評價，在起步時就需要一個能讓觀眾產生興趣，想點進去觀賞的入門契機。以業餘人士創作的音樂來說，最困難的一點應該是如何讓人聽到吧。即使是名曲，沒有人聽就毫無意義。」

「可是，我不想讓那些因為創作者是女性才來聽歌的人聽到我的音樂。我想要的是和真正喜歡我歌曲的人產生共鳴。」

「但是，我覺得想將音樂傳遞給會真正喜歡的人，就需要先增加會想來聽歌的聽眾數量。然後……櫻田同學作的歌曲之中，大部分的歌詞屬於有點暗沉的風格，乾脆換個風格作明朗的歌曲如何？比如之前織田不是寫了一封情書嗎？發表那種感覺的歌曲，搞不好會意外地受歡迎呢。」

「織田同學的情書?」

假如當時的我，有注意到櫻田同學如此反問的聲音比平時更低沉的話就好了。當時她捧在雙手間的塑膠飲料杯產生輕微凹陷、用樂福鞋的鞋底輕輕摩擦著地面的模樣，至今仍然鮮明地烙印在我的心底。然而在那個當下的我，絲毫沒注意到這些異樣，只是滔滔不絕地繼續說：

「以大眾標準來看，織田的感官其實相當敏銳。該怎麼說呢，從好惡方面來看是正好落在社會大眾標準的最中央。織田寫的那首歌詞雖然很土，但是不覺得配上曲子之後就變得很有感覺嗎?」

「可是那首歌曲是織田想做的，不是我想做的曲子。」

「但是，那也是櫻田同學的作品對吧?」

「可是——」

「櫻田同學一直在說『可是』呢。」

不經思考就脫口而出的，是我平時絕對不會說出口的話。或許是因為在那當下，我對櫻田同學產生了不耐煩的情緒吧。

「為什麼這樣說?我就是想要做自己想做的事情。我討厭用臉來釣觀眾，或是作會受歡迎的歌曲那種事。」

這算是潔癖吧，我瞬間想到。如果真心希望作品能讓人看到，就不能有潔癖。

我喜歡櫻田同學的作品，喜歡她的才能，也很尊敬她本人，所以覺得無論用什麼手段，都要讓觀看次數增加。櫻田同學的才華如果被無聊的自尊心之類的東西掩蓋住就太可惜了。

我對於櫻田同學出於自我意志，選擇被埋沒這條道路的狀況感到很不甘心。

「雖然理想是如此，但是在剛起步時，是不是應該妥協呢？」

「妥協？」

櫻田同學的聲音變了調。她站起身來，俯瞰似地瞪著我。

「做自己喜歡的事情為什麼一定要妥協呢？」

「但妳確實想要讓更多人聽到吧。只靠喜歡是無法持續下去的。而且也不是要求妳創作所有歌曲時，都要朝受歡迎的方向去作。把自己喜歡的歌曲和大眾會喜歡的歌曲分開看待就好，這是很困難的事情嗎？」

換成我就做得到，話說我已經在這麼做了。做廣播社的影片時就做有目的性的影片。從比賽用的、校內宣傳用的到私人興趣。將這些影片的所有隔閡都消除，全部都用自己想做的方式去製作，正是創作者的自我主義。

因為有人來觀賞，作品才算存在。

「那我問你，不惜對自己說謊也要去做的作品有什麼意義呢？因為我是年輕女生而覺得有意思的觀眾，當我不再年輕時，就會對我失去興趣。喜歡上不是我風格的歌詞的人，也不會去追求我其他風格的作品。松尾同學，你明明早就知道了。」

紅色的圍巾，柔軟地纏住她的脖頸。因牽起笑容而隨之改變形狀的雙眼中，透出冷漠的光。

「我知道什麼？」

「那麼做的話，只會變成被人消費的對象！我，不想讓自己變成某個人的消費對象。」

我，正以創作者的身分受到輕蔑。

雖然頭腦裡清楚，只要點頭說一句妳說得對就可以圓滿收場，然而我無法點頭。

櫻田同學是對的。但我也是對的。

「即使那算是被人消費，我仍然希望櫻田同學的作品能讓人看見、想讓很多人知道。能持續創造作品的生存方式，不就是這樣子嗎？」

「如果當作工作是這樣。可是，我的創作是興趣。全部、全部，都是興趣！我只想做自己想做的事情而已。」

「櫻田同學的意見，絕對是在欺騙自己。如果是完全為自我滿足而做的作品，就不應該在乎觀看次數。其實妳很想讓大家都聽到吧？既然如此——」

「才不是說謊！」

櫻田同學如此大喊的同一瞬間，燈飾在這個最糟的時刻亮了起來。在往來人潮變多的車站前，將街道的輪廓染成彷彿象徵幸福的香檳金。不知是誰說了一句「聖誕快樂」。那是來自正在體會幸福的情侶們的聲音。

我握住飲品已經徹底融化的杯身。指尖冰涼，臉龐也是冰的。若知道會變成這樣，剛才就選擇熱飲了。能自己好好選一杯飲料就好了。

櫻田同學以大衣袖口粗暴地擦拭嘴唇。然後她刻意大幅跨開雙腳，深深地吸一口氣。

「將不想讓未來變得白費當成藉口是很容易

將布滿傷痕的手腕藏起來試圖成為大人」

櫻田同學張口唱歌的瞬間，我立刻知道了這是哪首歌。是「請大聲呼喊愛吧」的第二段歌詞，也是我在櫻田同學的創作第一首聽到的歌曲。

「朝夢想伸出手的心情不是稱為『愛』嗎

捨棄掉那貧乏的喜歡就是你所謂的愛嗎」

對於突然開始唱歌的國中女生，路人的反應十分淡薄。僅用眼角餘光投來一瞥，就繼續朝車站快步走去。即使如此，櫻田同學的歌聲仍然沒有停止。

「請大聲呼喊愛吧

有什麼關係　隨便又怎樣

既然你說『喜歡』　就別奢望什麼皆大歡喜

有什麼關係　全部徒勞無功又怎樣

當你說出『喜歡』之時　就是故事開始的信號」

當她如此唱到結束時，我聽見從遠方傳來兩人份的鼓掌聲。轉頭看去，剛才還在眺望燈飾的情侶正帶著微笑往這裡送來掌聲。在我看來那是出於施恩的鼓掌，櫻田同學大概也有同樣的感覺。

櫻田同學朝那對情侶輕輕點頭後，再度轉向我。她握起拳頭，隔著厚重的大衣朝自己的胸膛敲了敲。

「松尾同學，你不是一直說想做這首歌曲的ＰＶ嗎？給你的音源你可以隨意使用。因為松尾同學說喜歡我的歌曲，這讓我覺得很高興。」

聽起來很像在分手，我如此想著。但我們不是戀人，什麼也不是。

「所以，已經夠了。」

「什麼夠了？」

「我會用我自己的方式去做。松尾同學也用自己的方式去做就好。想做實驗就去找我以外的人做。松尾同學就用松尾同學的方式去證明自己才是對的就好。」

櫻田同學如此說著，朝車站的方向走去。我沒有挽留那逐漸遠去的背影，是因為心底某個部分感到很生氣。

既然想讓更多人聽見，為什麼不願意妥協呢？不去迎合他人，能說是堅持嗎？難道不是太天真而已嗎？

和別人直接面對面時不會想到的指責，一句接一句地噴湧而出。我總是這樣。會不斷反芻無法反駁的那一刻，在每次回想中逐漸確立反駁的論調。明明想著下次有機會的話就反駁回去，但多數時候都沒能再遇到反駁回去的時機。

我和櫻田同學在那之後就幾乎沒說過話，維持尷尬的關係直到國中畢業。想和櫻田同學再談一次的心情，隨著時間流逝逐漸增強，然而我那微不足道、身為創作者的自尊心，頑固地堅決表示絕對不會先道歉。雖然如此，但我其實知道櫻田同學想主張的是什麼。

我沒有發表過目前為止為了製作PV所拍攝的影片，是因為明白這些影片不是「受歡迎」的類型。為了製作PV所拍攝的這些影片，象徵著我的喜好。影片中保留了充分的轉場時間，和大家傾訴愛的美好時刻。從吃螺絲到想不出該說什麼的時候，都依照原樣使用在PV上。

為自我滿足而做的影片，即使無法獲得他人評價也無所謂。不需要經常調整自己的「喜歡」去配合大家的「喜歡」。配合需求去活用就好。

這支PV就是以我的方式，對櫻田同學的矛盾之處所做出的回答。而且在心底某處，也抱著完成這支PV或許就有辦法和櫻田同學和好的天真期待。

我從漫長的回憶中，回到屬於自己的當下。眼前是電腦螢幕。現在正值夏天，而不是聖誕節。既看不到妝點著燈飾的車站，櫻田同學也不在身邊。我嘲笑著盡是追求不存在的事物的自己，邊撐住臉頰移動滑鼠。

在那一天，被櫻田同學厭惡的可能性朝現在的我襲來。規模變得太大的內容產業會變得無法控制方向。正因為櫻田同學明白這一點，所以才會拒絕將自己內容產業化。

然後，我選擇了櫻田同學沒有選的那條路。我以關閉視窗的方式，將黑粉肆意作亂的留言板從眼前消除。在同一瞬間，手機響起通知聲。是織田傳給我個人的訊息。

『做松尾想做的事吧。』

看到這句抽象的內容，我不由得笑了。想做的事是什麼？不要把企畫都丟到我頭上啦。雖然想這樣回覆他，但是當我輸入「想做的」幾字時突然覺得無所謂了。即使隔著螢幕，但憑多年交情也能知道，織田現在一定是一臉擔心到不行的樣子。

受到世間庸碌之眾影響而徹底陷入畏怯中的我，為什麼沒有被織田放棄呢？明明幼稚的我只因為櫻田同學沒有照我的意思去做就和她鬧彆扭，織田卻像傻瓜一樣迂迴地對我表現出溫柔，一再確認我有沒有窒息在網路的海洋中。

其實我從很久以前就知道。織田為我做的，和我想為櫻田同學做的是同一件事。就是發掘出創作才能，並送到世人眼前。

我對「我們」而言是必要的嗎？

如影隨形的不安感，或許永遠都不會有消除的一天。即使如此，比起未曾謀面的陌生人所說的話，我更想相信織田所說的。我想讓大家感受到，我這樣的人就是符合織田期待的人。

我刪掉先前打的字，開始輸入新的訊息內容。像孩提時說過的悄悄話般，將我的話語只傳達給織田一個人就好。

『我想和大家一起直播。就單純四個人一起玩遊戲，不用做剪輯後製的直播。』

織田回覆得很快。

『來做吧！就八月二十五日怎樣！』

『那不是暑假最後一天嗎？』

『所以才選那天啊！最後一天玩個痛快。』

『那天我爸爸晚上會去喝酒不在家，所以沒問題。』

『你爸爸幾乎都不在家吧。』

『差不多吧，我爸爸基本上就是工作狂。不過多虧這樣才方便和你們一起玩遊戲。』

『這樣說也對！那我去問坂上和夏目那邊行不行！』

對話中頻繁出現的驚嘆號，表達出織田的喜悅之情。任何人都能在直播聊天室中發言，所以可能會出現對我們惡言相向的人，也可能被某個人厭惡。

即使如此我身邊有織田、有夏目、有坂上在。我和櫻田同學不同，不必獨自一人去面對他人。

將手機放回桌上，我小聲地哼起歌。

「因為當你說出『喜歡』之時　就是故事開始的信號」

『來自愛呼喊的通知：

八月二十五日傍晚七點，將會進行第一次直播！預定是悠悠閒閒地玩大約兩個小時的遊戲。請多指教喔。

文責[47]　芭蕉』

47 因文章引起的責任問題，作者會自行負責之意。

暑假最後一天，來得意外地快。雖然最後階段是在面對增加影片庫存和暑假作業之間搖擺地度過，不過趕在直播日期之前，總算想辦法把暑假作業全部寫完了。

「松尾的這種地方真的很了不起。」把作業帶到我房間來做的織田如是說。然後他就邊慘叫邊寫著數學作業。據說有一半以上都是空白，真的能如期寫完嗎？

「織田也有這種時候呢～明明抓住關鍵就能做好啊～」

夏目一如往常穿著和服外套，邊看漫畫邊發出天真無邪的笑聲。我將桌面上的零食移到桌子邊緣，坐到織田的隔壁。不是要幫忙寫作業，而是為了架設麥克風。

現在是傍晚六點半，距離開始直播正好還有半小時。基本上直播和平時錄影相同，都要將遊戲畫面擷取到電腦上。為了即時觀看聊天室的留言，也不能忘記將平板電腦放在觸手可及之處。

「直播大概會有多少人來看呢～上千人嗎？」

「不對，搞不好會破萬喔？光是公告的推文，就有兩萬個喜歡了。」

「一想到這種規模的人數，就會有不可思議的感覺呢。在學校只有全校學生都聚集在體育館的結業式才會破千人吧。不過，看網路的話就會覺得只是一串數字，不會覺得每個數字代表一個人～」

聽見夏目用慢吞吞的語調如此自言自語，我有點安心。幸好不是只有我有這種想法。

「話說坂上也太慢？不是說好六點集合嗎？」

雖然用手機在LINE上發了好幾次訊息，但是連已讀都沒有。看我歪著頭，織田用自動鉛筆書寫的手也隨之停住。

「睡過頭了?在這麼重要的日子?」

「去他家把他叫醒?」

「先打電話看看?說不定手機鈴聲可以把他叫醒。」

聽到夏目的建議，我才意識到還有這個辦法，連忙打電話給坂上。「嘟嚕嚕嚕、嘟嚕嚕嚕嚕」不斷重複的響聲在重複第三次的途中斷掉。因為對方把電話掛掉了。

「電話被掛掉了。會不會是手誤?」

「啊~那他可能會回電呢。等一下看看。」

接下來的一分鐘，我們三個人圍著手機而坐，然而怎麼等都沒有電話打來。織田邊晃著腿邊毫不留情地抱怨「那傢伙在搞什麼?」。不停流逝的時間將我們緩緩逼向困境，距離開始直播只剩二十分鐘。

「真的找不到人的話就三個人直播吧。」

「不行啦。這是第一次直播，一定要四個人到齊。只要對觀眾說因為發生意外狀況所以遲到了就好。」

「啊~那也可以啦。坂上那傢伙到底在做什麼啊。」

「欸，等一下!」

在我們對話時滑著手機的夏目，突然從喉嚨擠出類似呻吟的聲音。他從平時的傻笑變成難得一見的認真表情。聲音中帶著緊張，使我立刻嚥了一口唾沫。

「發生什麼事？」

「快看，推特的趨勢排行。」

「趨勢？」

點推特的搜尋功能，就能看到排行前二十九名的趨勢關鍵字。我點開頁面後，隨即映入眼簾的就是「愛呼喊」三個字，而且居然排在趨勢第一。繼續往下看，「信張」、「漱十」則是排在前十的位置，而且再往下連「田村麻呂」和「芭焦」都進入排行了。

「為、為什麼？」

若是平時，進入趨勢排行前幾名是可喜可賀之事，也是我們受到大眾關注的證明。不過現在直播還沒開始，也沒有上傳影片。我們的名字卻在這時候上趨勢，明顯不對勁，是異常狀況。

「……是坂上闖禍了。」

織田用右手摀住臉，發出呻吟。夏目沉默地將手機螢幕拿給反問「什麼？」的我看。顯示在畫面最上方的，是沒看過的推特帳號所發的推文。

『要說愛呼喊的身分和長相曝光事件糟糕在哪裡，就是有個明明身為男高中生卻到處勾搭女生的傢伙。田村麻呂明明就沒人氣，還敢這樣釣女高中生粉。』

和那段文字一起張貼出來的是三張圖片。第一張是留言板的投稿截圖，內容是據說和坂上見過面的女生所寫的留言。第二張是那個女生和坂上的LINE對話，第三張則是我們四個人的合照。

推文的轉推數量已經超過十萬。推特已經化為黑粉和粉絲爭論的醜陋戰場，我們的推特帳號也收到多到快爆炸的訊息。一整排都是類似「請務必加油！」、「無論愛呼喊是什麼樣子都會支持」的內容，然而我還不太懂究竟發生什麼事。

『等一下！你們看信張的左手無名指！震驚』、『聽說信張被曝光有女友。因爲打擊太大先去躺三天』、『田村麻呂很敢耶，因爲嫉妒所以把眞人照四處散播，想讓信張人氣變低。眞是GJ』、『有交往對象沒關係但是要藏好啊，所以說高中生根本沒有專業意識』、『唉～有夠傻眼。眞羨慕那些腦內有洞的粉絲』、『不對吧，愛呼喊又不是偶像團體，所以談戀愛也沒什麼吧』、『一想到這些推文會被愛呼喊成員看到就想哭。有必要這樣一大群人跑來欺負高中生嗎？』、『黑粉就只是叫比較大聲而已，所以請別在意！最喜歡愛呼喊！』

看著成列的推文，頭開始隱隱作痛。我按住太陽穴，織田則隨意地撫著我的後背。

「松尾，你臉色差得要命耶。」

「沒有，我就只是不知道現在該怎麼辦。所以坂上到底做了什麼？」

「啊……網路上好像已經有發生什麼事的明確證據了～」

夏目深深嘆一口氣，將統整網站的網址貼到LINE群組。

事件的來龍去脈如下。坂上從前陣子就不斷重複著發DM給多位女粉絲，然後約女粉絲單獨見面的行為。其中一位女粉絲自認是坂上的交往對象，卻發現坂上還有和其他女粉絲見面。她為了洩憤，於是將愛呼喊的四人合照張貼在匿名的網路討論板，因為照片上的四人身穿制服，所以被迅速查出是哪間學校，現在連班級和學號都被肉搜出來了。

坂上給的不是自拍照，而是四人合照，是因為招架不住女粉絲的要求嗎？除了黑粉以外沒有任何粉絲出來替他講話也是理所當然。這些都是他自作自受。

看到網路上公然曬出「松尾是普通平淡臉」、「織田是標準的氣質帥哥」、「夏目是超標準的帥到讓人不敢靠近的類型，我笑了」等摻雜著我們本名的內容，讓我實在很難相信這是現實。是真的很難相信。

在我瀏覽推特時，我們的真人照接二連三地不斷湧出。老實說看到自己的臉被用在梗圖上真的滿討厭，感覺像完全變成了網路的玩具。

「總而言之，先去坂上家找他碴吧。不揍他一拳我很難消氣。我早就跟他說過了吧？叫他要注意女性方面的問題！」

我慌張地安撫使勁握拳、轉動肩膀的織田。

「好啦好啦，你冷靜一下。先確認坂上現在人在哪裡再說。」

「松尾不覺得生氣嗎？」

「不是不生氣，只是已經到了覺得好笑，或隨便怎樣都好的程度。」

而且，看到他被罵得這麼凶，也失去特意對他窮追猛打的心情了。坂上本身一定也知道自己犯下了多嚴重的錯誤。

所以，現在他才沒出現在這裡。

織田突然將手機按在耳邊，和某人講起電話。

「喂喂，請問您是坂上同學的母親嗎？不好意思，因為我和坂上同學約好了……啊，他已經出門了嗎？不會不會，沒關係。這麼突然打電話來真是抱歉。好的，好的～不好意思，我先掛電話了。」

很有禮貌的織田同學如此說完後掛斷電話。對於我「你打給誰？」的疑問，織田給了「坂上家的家裡電話」的回答。聽起來坂上似乎是從他自己家逃走了，是因為判斷我們會跑去他家嗎？

「坂上那傢伙真是太卑鄙了！居然自己逃走。」

「離直播只剩十分鐘，怎麼辦？今天就先取消？」

夏目解開束起的黑髮，微微歪頭發出疑問。當織田點頭說「這也是沒辦法的事」時，我打斷他的話，迅速開口。

「不行。絕對不能取消直播。」

「為什麼？」

「如果現在取消直播，坂上就沒辦法再回來了。」

這個選擇不可以選錯。我的直覺如此告訴我。

假設取消今天的直播，坂上就會成為黑粉和粉絲的指責對象。萬一留下是他害得愛呼喊沒辦法繼續活動下去的印象，坂上就沒辦法再回來了。

而且假設由我們三人開直播，獲得成功的話，坂上肯定會認為自己是不必要的存在。這次的炎上事件就會在網路上被當成娛樂來消費，或許再過幾年坂上就會成為大家提到「愛呼喊一開始有四個成員吧？」時感到懷念的存在。但是，我不想變成那樣。

無論是取消，還是三個人開直播，坂上一定都不會回來。既然如此，我們該選擇就是第三個選項。

我拉開桌子抽屜，取出手機用的三腳自拍棒。然後將幾個行動電源放進雙肩背包裡，再放入或許會用到的外接廣角鏡頭。

「你在做什麼？」

「做室外直播的準備。而且坂上的確做錯事了，可是他並沒有觸犯法律。他選擇的對象是女高中生也是理所當然，我們要選擇和自己同年紀的對象，那當然會是女高中生。」

「松尾，你果然在生氣吧？」

「我氣的不是坂上。我只是覺得，大家太不負責任了。確實做錯事的人是坂上，但是我覺得他闖的禍和受到的懲罰規模相較之下差太多了。所以就算我們將計就計做一點反擊，也不會被指責。」

「什麼將計就計，你到底想做什麼？」

我揹起雙肩背包，拿起放在桌上的智慧型手機，然後打開相機功能，將織田和夏目困惑的模樣框進畫面中。

「織田和夏目，接下來要請你們兩個呼喊愛。」

「啊？」

「可以吧？因為那就是我想做的事。」

我強迫嘴角往上揚起，做出笑容。如果在他們看來，是個無所畏懼的笑容就好了。如果能讓他們覺得勝算有百分百的話，那就是最棒的。

距離直播開始，還有五分鐘。我指定的地點，是在車站前的植物園。

這間市政府經營的公立植物園，是供當地居民休閒用，所以不分晝夜都很冷清。白天的門票價格是日幣兩百圓，晚上就會降到更低的日幣一百圓。是一座規模小到幾乎可以說是公園程度的植物園。雖然是個狹小、陰暗又普通的地方，但我一直很喜歡這裡。或許和櫻田同學說過喜歡這裡多少有一點影響。不，說實話，就是受到櫻田同學非常大的影響。

從我家到植物園的距離說近也算是近，不過仍然需要付出相當大的努力才能趕在五分鐘之內抵達。說得更具體一點，就是用力衝刺。自從體力測驗的五十公尺賽跑之後，我第一次跑成這樣。和累得直喘氣的我與夏目不同，織田的呼吸很平穩。我則是喘到連「不愧是體育社團」的這句稱讚都說不出來。畢竟，我的呼吸還沒恢復平緩。

我反覆地深呼吸，然後環顧眼前大片的薰衣草田。原本是想在白天拍攝，但昏暗的花田看起來滿不錯的。

是因為入夜了不打光，所以沒有遊客光顧，還是因為沒有遊客才不打光呢？雖然對進行拍攝而言，空無一人的狀態值得慶幸，但也讓人擔心起這個植物園的經營狀況。

「是個月光很美的夜晚，很高興能和松尾一起來這裡。」

「咦，那我呢？」

「啊，當然織田也是。就像茶碗蒸裡面有銀杏一樣高興。」

「那真的算高興嗎？欸，真的高興嗎？」

「為什麼要問兩次呢？」

「因為是很重要的事。」

「你居然能用那種毫不在乎的聲音說出這種話。」

夏目「呵呵」地噴笑出聲。他的雙手上，拿著我剛才遞給他的素描簿。

我檢查確認過手機攝影功能沒有異狀之後，將鏡頭對準他們。雖然昏暗但是很清晰漂亮，看起來沒什麼問題。

「我是這麼想的。我們的照片吸引那麼多人，或許是因為大眾覺得那是我們的弱點。越隱藏就會讓人越想挖掘，越當作祕密就讓人越想知道。所以我覺得，堂堂正正地露臉反而能讓炎上狀況快速降溫。」

「事情會這麼順利嗎？」

「雖然不知道行不行，但不順利的話就換別的方法。」

即使失敗，繼續做到成功為止就好。反正是因為喜歡才開始做，既然都走到這一步就貫徹到底。

我笑著說。織田粗暴地將我的頭髮撥得亂七八糟。

「果然，你才是愛呼喊的參謀。」

因為織田說的這句話，使我往前踏出一步。我舉起相機，將鏡頭朝向以薰衣草田為背景並立的兩人。

「準備開錄嘍。三、二——」

開啟直播的瞬間，留言如波濤般洶湧至聊天室。織田手持查看留言用的平板，不由得發出「喔喔」的感嘆聲。

「哇～聊天室超多留言。卡得好嚴重。」

「因為直播已經開始了～那麼就開始了，哈囉，晚安～吾輩名為漱十。」

「啊，我是信張。然後，芭焦正在拍我們。」

「晚上好，我是芭焦。」

為了入鏡，我將手伸到鏡頭前揮了揮。然後織田不負責任地說著「做一首俳句吧！」的聲音飄過來。

「咦，做一首？嗯……『暑假中，燃燒的火焰，真美啊』。」

「喂～太早進入正題了！」

「話說這俳句的水平也太垃圾。」

「我覺得很棒呢，芭焦果然是天才。」

「你居然能一臉認真地說出這種話。」

「因為是真心話嘛。」

夏目一臉平靜地點頭說著。織田毫不客氣地往他後背拍了一下，聊天室頓時被笑臉表情符號淹沒，變得色彩繽紛。

「所以，另一個人呢？」夏目用很平常的語調說。

「那傢伙遲到了。話說回來，我們完全沒公告就露臉了。」

「咦？之前不就是這種感覺嗎？」

「嗯～也對。一直都是感覺，嗯。」

「啊，快看。聊天室有人說漱十先生是帥哥。嗯，我從出生開始就有是帥哥的自覺。」

「不是，這也太難吐槽了！因為真的是帥哥。」

「也有說織田很帥氣的留言呢。啊，完蛋。把姓氏說出來了。」

「已經無所謂了啦！大家都知道了！」

雖然織田這麼說，但他也忍不住大笑。我和夏目也受到感染一起笑了，連聊天室都一起笑。

我維持將鏡頭朝向兩人的姿勢，朝觀眾搭話。

「不好意思，原本預定是要做遊戲直播，結果今天突然變成閒聊直播。那麼作為補償，今天就讓這兩個人大聲呼喊愛吧。」

「給我等一下，從剛才開始一直在聊天室叫我織田的傢伙，放學在體育館後面見啊。」

「如果明天在體育館後面等的是同班同學就好笑了～」

「到時候就『什麼啊，原來你們有在看喔！』這樣吐槽他們。」

「嗚哇，半吊子關西腔好難聽。」

「吐槽太狠了！」

夏目無視織田的吵鬧，忽然將素描簿轉向鏡頭。寫在紙上的是「給田村麻呂」五個字。

「有個問題兒童啊，因為覺得害怕就開始逃避我們呢，所以我想要在這裡以學長的身分嚴厲地說他幾句。」

「不愧是漱十先生，請你念他幾句吧！」

「好好好，交給我吧～」

夏目輕輕帶過織田演的黑道風格短劇，直直地看著鏡頭。

「明明說好晚上六點集合，你遲到太久了喔。不過算了，說教就留到私底下再說，現在大家都在等田村麻呂出現喔。其實，我在社團很少有和學弟妹互動的機會，所以能像這樣四個人一起玩遊戲真的讓我覺得很開心。我也覺得要是將來能繼續維持現在這種關係就好了。所以說，快點過來吧……會一直等你的。」

最後一句話的聲音太過溫柔，我有什麼從喉嚨深處湧上，為了掩飾滲出水氣的眼睛，我故意提高音量催促織田。

「那麼下一位，信張。」

「啊？我？」

「你那是什麼反應？一開始就拜託你們兩個來說了。」

「我還以為可以順利混過去呢。」

「不行不行。快點。」

織田垂下嘴角，還是從夏目手上接過素描簿。然後織田看看左邊，看看右邊，又抓了抓頭，用真的非常尷尬的態度，緩緩地開口說。

「我很不會這種事。」

「明明平常不管遇到什麼都說得很直接不是嗎？」

「不是，我很不會這麼正經地說話啦。就是像這樣，姿勢端正地講話。」

面對織田的抱怨，夏目嘲笑他「你其實只是害羞吧」。織田回嘴說「很煩耶」後，用異於平常的認真神情轉向我這邊。正確來說不是轉向我，而是轉向鏡頭。

「我們開始上傳影片已經有三個月了，嗯，這有點像社團活動，所以我感覺做得滿快樂的。不知不覺間就變成大家都知道我們，擅自被叫成愛呼喊。不過總覺得，能像這樣做到各種事，有一部分是因為拜大家的觀看所賜。嗯，但其實結果還是因為有芭焦和漱十、田村麻呂這三個人配合我的無理要求開始做YouTuber，才能有今天。所以，真的很感謝這一切……之類的，總覺得超認真說這種話的我很蠢耶。總而言之，就是這樣啦！」

因為害羞，後半段說得拖拖拉拉的。在我們漫長的交情中，還是第一次看到織田滿臉通紅的樣子。即使害羞成這樣還是好好地將話說出來，果然是因為愛吧。

「大聲呼喊愛啊～」夏目像傻瓜似地拋來一句。

「我正在喊啊！話說，你來喊啊。」

「我隨時都可以喊喔～最喜歡愛呼喊！」

「不要喊得那麼生硬啦。」

「開玩笑的。不過，大家也喜歡愛呼喊吧？」

大家，指的是觀看的觀眾。像在響應夏目的問話，留言湧入的速度隨之加快。織田雖然大喊著「不要故意賺留言啦——」，但他的耳朵仍然通紅。

「那麼，最後輪到芭焦了。換我來負責拍。」

織田伸手過來，直接拿走我手中的手機。

「咦，我？」

我驚慌的表情是不是被拍進去了？是的話就太丟臉了。夏目將素描簿從織田手中抽走，遞給了我。

「芭焦，聊天室的留言在說你頭髮亂糟糟的喔。」

「啊，都是剛才織田害的。」

「這是常有的事，別那麼在意啦。所以，趕快呼喊愛吧。」

被鏡頭對著就會產生無路可逃的感覺，所以讓人感到緊張。不過，目前正拚命逃走的人並不是我，而是坂上。

我緊緊捏住素描簿的邊緣，深吸一口氣。直達肺部深處的氧氣，使發熱的大腦稍微冷靜下來。

「趁這個機會才有辦法說出來，其實，我從第一次見面開始就很不擅長和坂上相處。坂上不但長得身高體壯，音量又大，所以我擅自覺得他一定會輕視像我這種類型的人。覺得根本不可能聊得起來。不過，和坂上實際聊過之後，反而覺得能跟他一起聊遊戲很愉快，而且他還會為我著想。」

織田舉著手機鏡頭，注視著我。對我而言，坂上已經不再是朋友的朋友，而是我的朋友了。

「其實，我很不習慣引人注目，馬上就會往壞的方向想，一直很在意還沒發生的不幸。不過老實說，這次發生的事比我想像的壞事嚴重好幾倍，反而讓我想開了，或者說乾脆豁出去了。」

「芭焦，這麼用力對坂上窮追猛打沒問題嗎？」

「咦？啊，我沒有想要窮追猛打的意思。只是，當壞事真的發生之後，只能該怎麼做就怎麼做，我知道再怎麼擔心，無法挽回的就是無法挽回後，心情就有變得輕鬆的感覺。比起害怕被某人討厭而採取行動，我更想為那些對我喜歡的事物說喜歡的人而努力。我覺得坂上可能也像我一樣，對許多事情感到不安和痛苦，因為不知道該怎麼辦所以才會誤入歧途。可是，我想再和坂上一起玩遊戲，也覺得四個人一起才是愛呼喊。所以說，我因為坂上現在不在這裡而有點不爽，想早一點看到他出現。如果坂上正在看這場直播……想請你立刻跟我們連絡。」

我因為覺得很羞恥，說到最後時垂下眼。當我毫無意義地摩娑著手腕時，夏目像在忍住笑意般微微瞇起雙眼。

「你剛才，一直把他叫成坂上呢。」

「啊，一不小心說錯了。」

「沒關係啦沒關係。反正原本就是那傢伙先闖的禍。」

聽見夏目發出的輕笑聲，我緊繃的肩膀也隨之放鬆。如果正在留言的觀眾也能跟著一起笑就太好了。

「接下來～那麼，在田村麻呂來之前要怎麼打發時間？文字接龍？」

「那也太地獄了。」

「那麼就由我來露一手落語好了。來段『時蕎麥』怎麼樣？」

「我們是三個人在一起耶，為什麼非得特地聽你講落語啊？」

「啊，我想到一個好點子。信張你來唱首歌吧？情歌直播。」

「這個更地獄。」

「來聊玩遊戲時的幕後花絮不就好了？」

當我這麼提議的時候，織田的手機突然響起鈴聲。我嚇了一跳，還以為那個預設的來電鈴聲是從自己手機發出來的。織田將拍攝中的手機塞給我，慌張地接通電話。

「喂喂？是田村麻呂吧？」

織田問完後，彷彿想起什麼似的切換成擴音模式。從電話另一端，聽得到像在抽泣般的呼吸聲。

「看到直播了？」

『……看了。電量減少得超快。』

「現在人在哪裡？」

『車站。』

「車站，是平常那個嗎？」

『其實我從六點多就在車站一直待到現在。就躲在廁所裡面。』

「不好吧，那樣會給人添麻煩！趕快出來。」

『我一直很害怕。』

「害怕什麼？」

『怕被你們拋棄。』

坂上說話的聲音細若蚊吶。

「真是傻瓜呢～」夏目以和平常沒兩樣的明朗聲音說著。織田則噴著口水朝手機大喊。

「有在反省就馬上跑過來！觀眾也在等你！」

『可是……』

「別說了！有在反省的話就來當面道歉。今天可是四個人的直播。不用掛斷電話，現在馬上開始跑！」

隨著織田的話語，電話另一端傳來物體碰撞聲。然後是往來人群的嘈雜聲，以及輕微的車輛行駛音。不知為何，混雜在其中的抽泣聲使我笑了。現在，坂上正邊哭邊奔跑著。

「信張，唱首故鄉[48]怎樣？」

織田聽了我的玩笑話，聳肩說「沒有要跑到二十四小時那麼久啦」。我悄悄地放大鏡頭倍率，特寫他變紅的雙眼。

「喂芭焦！別玩我的眼淚！聊天室留言已經出賣你了。」

「原來織田也會流眼淚呢。」

「你真是講了句好話啊！」

一直講這些無聊的幹話，是因為不講話的話我會想哭。

坂上的呼吸聲變得粗重起來，跑步聲也跟著徹底停止。果然還是不想過來嗎？我用袖子擦擦臉，掩飾因為不安而變緊繃的臉頰——然而，就在那一瞬間。輕快的電子音樂「叮咚叮咚叮咚叮咚～」地響徹於夜晚的植物園中。這不是站前便利商店的進店音樂嗎？

「喂，不用買飲料來啦！」織田喊出本日最中肯的吐槽。我想像著坂上邊哭邊將果汁遞給店員結帳的模樣，不由得捧腹大笑。

48 為日本電視網協議會和沖繩電視臺每年一度24小時特別節目「愛心救地球」的主題曲曲名。

結果坂上抵達我們所在的植物園，是去便利商店買飲料的五分鐘之後。握著寶特瓶裝冰綠茶的坂上，一見到我們，就以驚人的氣勢朝我們下跪。明明是很硬的水泥地。

「關於這次的事，真的非常抱歉！」

明明臉上被眼淚和鼻水糊得一團糟，卻邊說「一點小東西，不成敬意」邊把從便利商店買來的零食遞給我們的模樣太好笑了。雖然覺得用洋芋片來代替高級點心不可原諒，但三個人還是立刻將包裝拆開。因為洋芋片真的很好吃。

「不用下跪也沒關係啦。」

「對啊對啊，看起來像我們在欺負你一樣。」

「咦，重點是那個？」

我不由得看向夏目。夏目揮了揮手回答「開玩笑的」。

「還有各位觀眾，非常抱歉打擾到大家。全部都是我得意忘形犯下的錯誤。」

「沒錯沒錯。」

「在我的人生中，從來沒有像這次一樣受女生歡迎過！所以，我真的超想要受女生歡迎！也很想交女朋友。因為這樣，所以犯了愚蠢的錯誤。真的非常抱歉！」

夏目邊看著將額頭抵在地面的坂上，邊開玩笑地低聲對他說「請大聲道歉吧」。感覺他的怒氣已經完全消失了。

織田剛才還以嚴厲的表情俯瞰著坂上，不過當坂上喊出「想要受女生歡迎！」的時候就忍不住噴笑了。坂上本人說得相當認真，但理由實在太低級了。

夏目彎下膝蓋，溫柔地拍了拍坂上的背。

「田村麻呂也很焦急吧。不過，千萬不能忘記約ＳＮＳ上認識的人在現實見面是有風險的行為喔。」

夏目說得很好，但他的衣服上還沾著剛才吃的洋芋片碎屑。我摸了摸因為長時間拍攝而發熱的手機，再次將畫面對焦在坂上身上。

坂上惶恐地抬起頭，織田則朝坂上「哼」了一聲。

「你遲到太久了。」

「……抱歉。」

「從下次拍攝開始不准再遲到了。」

坂上猛地深吸一口氣。接著彷彿為了遮掩濕潤的雙眼般，將手臂放在眼睛上，使勁地搖了搖頭。

那一瞬間，聊天室的留言一齊湧上。眾多表示拍手意思的表情符號流瀉而出。

『**歡迎回來！**』、『**愛呼喊到齊了呢**』、『**以後就不用戴面具遮臉了，結局好就沒問題**』、『**快點上傳新影片**』、『**我也很想受歡迎啊**』、『**觀眾都很喜歡愛呼喊喔！**』

一條接一條迅速流入的許多留言中，充滿了暖意。即使只限於當下這個時刻，這群人毫無疑問是站在我們這一邊的。這些觀眾不只是一堆數字，而是一群活著的人類。

當我看著以無法看清的速度流過的留言時，眼角餘光突然被一個眼熟的頭貼與暱稱吸引。雖然僅僅是一瞬之間，我卻立即看清了內容。

○於打烊時分開始播放

『田村麻呂的行爲雖然很糟糕，不過人類的發情期本來就是全年無休所以也不能怪他。』

似曾相識的單字，使我國中時期的回憶隨之湧出。這個帳號，從第一支影片上傳時就一直來留言到現在。使我每次看到這個帳號就會產生猜測。

那女孩姓氏下的名字是螢(Hotaru)，然後她的活動帳號名是Hikari。冷靜下來仔細想一想，沒察覺到背後含意才奇怪吧。於打烊時分開始播放，這個暱稱指的是公共設施打烊時會播放的，名為〈螢之光〉(Hotaru no Hikari)的歌曲。

投稿這則留言的人是櫻田同學。她一直都在支持我們。

「信張，不好意思。我想把三腳架拿出來，可以幫我拿一下手機嗎？」

「是沒問題，不過你要做什麼？」

「機會難得，想四個人一起入鏡和大家做道別問候。不是說問候時要看著臉嗎？」

「我們又看不到他們的臉。」

「可是，看到我們有精神的樣子，觀眾大概也會覺得安心吧。」

「這樣很好啊！田村麻呂，趕快站起來吧。」

夏目拉動坂上的手臂，強行將他拽起來站好。我迅速架起三腳架，將手機架設上去。確認過大家都進入同一個拍攝畫面裡之後，我也站到並肩而立的三人旁邊。坂上的眼淚還沒止住，用面紙用力擤鼻子。

「那麼，今天的直播雖然有很多狀況外的事情發生，不過最後想四個人一起來收尾。所以接下來，就請信張做為隊長來講幾句話。」

「不是，這太強人所難了吧？」

「請大聲呼喊愛吧。」

「不是剛喊完嗎？」

直播時該如何收尾，我也不知道。但是我想相信，對即將結束的直播感到依依不捨的，不是只有我而已。

織田將雙手交叉於胸前，發出一聲輕咳，清清喉嚨。

「那個，雖然講了一大堆催促和指責坂上的話，不過今天是個充滿很多樂趣的一天。即使暑假結束，愛呼喊還是會積極進行活動，所以願意追的人希望能繼續來看影片，以後也請務必多多支持我們四個人！」

「請多多支持！」

因為織田低頭行禮，我們也自然地跟著鞠了一躬。該什麼時候把頭抬起來才對呢？當我邊想邊準備恢復站姿時，坂上最早抬起頭來。

「你就是這樣！」織田如此大喊，我們也感到滑稽而跟著笑了。

我瞥了一眼開始鬥嘴的織田和坂上，朝三腳架走去。

「那麼今天的直播就到這裡結束。非常感謝大家這麼長時間的觀看。」

我朝鏡頭揮了揮手後，順勢關掉直播。我確認直播確實結束之後，如釋重負地鬆了口氣。不知為何覺得非常疲倦。

「啊～好累喔～」

夏目用十分低沉的聲音發出呻吟，伸了一個大大的懶腰。我將三腳架塞回背包中，變燙的手機則是塞進口袋裡。

現在我想立刻泡浸熱呼呼的浴缸中，之後直接進入夢鄉。

「喂，你們知道嗎？明天要開學嘍。」

「真是的，絕對會睡眠不足啦。早點回去吧。」

「我今晚可能會失眠。」

「哭得太累反而很好睡吧？明天說不定會在學校被嘲笑呢。」

「放過我吧。」

我們被和樂融融的氣氛包圍，「啊哈哈」地笑著。真的很久沒有心情這麼暢快。

當我們四個人將放在地面上的物品全部收拾完畢，準備踏上歸途時，看著手機的織田突然停下腳步。我看到織田的側臉逐漸發青，也跟著感到額頭一涼。這次到底又發生什麼事？

面對詢問「怎麼了？」的夏目，織田遙望著前方回答。

「我媽剛才傳訊息過來。」

「內容是？」

「內容是『明明是暑假期間，剛才卻收到來自學校的連絡，說了一些什麼YouTube之類的事，你知道是怎麼一回事嗎？』這樣。」

聽到的瞬間，我們一齊仰天長嘆。非常遺憾，但我們確實知道是怎麼一回事。

「明天到校之後會馬上被叫去訓導處吧。」

「以第二學期的起點來說真是個好兆頭呢。」

「哪裡好了！」

織田聽到夏目的感想，立刻吐槽。

這兩個人果然很合得來，真想趕快拍下一部影片。而且現在的我，好像能夠愛上能自然地這麼想的自己。

尾聲

隔天，我們四個人受到老師嚴厲的斥責。雖然內容充斥著要不能做不正當行為等老生常談，不過總結起來重點似乎是「注意不要炎上！」的意思。校方似乎想限制我們的YouTuber活動，不過考量到我們是個人活動，而且做的不是違反善良風俗的影片，還是允許我們繼續活動。只不過推特和YouTube帳號都已經被老師知道了，以後似乎會對我們進行監視。

坂上則是被籃球社顧問說教一頓後被籃球社開除。因為織田也順便跟著退出籃球社，所以我們四人變成有三人是回家社了。夏目也抱怨著「機會難得，要不要離開社團呢？」，但是被大家反對說不要用機會難得這種理由退出，所以仍然留在輕音社。

「……所以，為什麼要四個男的一起來這種地方啊？」

如此嘀咕的坂上，雙眼還殘留著昨天的痕跡。雖然他一直將冰敷袋壓在腫起來的眼睛上試圖消腫，但似乎沒什麼用。

「說這種地方真沒禮貌~來科學博物館有什麼關係，我一直很想看星象儀~」

從笑容滿面的夏目，到站在他旁邊看著導覽手冊的織田，以及臉上被冰敷袋的水滴沾得溼透的坂上，還有我，現在穿的都是學校制服。因為織田堅持說想來，所以開學典禮結束之後，我們四個人就來到位於市內的科學博物館。

我硬將沉重的眼皮睜開，放空地打量周遭。映入眼中的是久經歲月的裝潢，以及充滿年代感的展示品。平時我可能會對這些產生興趣，不過現在我正受到非常強烈的睡意侵擾。

會落到必須抵抗睏意的地步，是因為我昨天晚上熬夜了。昨晚回家之後，我就按捺不住洶湧而出的創作欲，把PV的副歌部分完成了。採取的製作方式是將至今為止拍攝的景象，配合櫻田同學的歌曲逐一切換畫面。或許不是觀眾會喜愛的方式，不過這並非以「芭焦」名義來進行，是以我個人進行的活動。

「欸欸，我可以在開演之前去逛伴手禮店嗎？」

夏目發現巨大玩偶之後，猶如小孩子一般雙眼發亮地問著。這些成排鎮座在出入口前方的玩偶，是模仿大王魷魚製成。因為尺寸長達四公尺，看起來一點都不可愛。

坂上聳了聳肩。

「這種店一般不是看完之後才去逛的嗎？」

「有什麼關係，想什麼時候逛都行吧。話說我想買太空食品，不知道有沒有賣。」

「咦，這裡有賣那種東西嗎？找看看吧。」

或許是太空食品的吸引力太強烈，坂上和夏目的身影迅速消失在伴手禮店裡。織田將導覽手冊折起來，無奈地笑了笑。

「這些傢伙是小孩子嗎？」

「織田對太空食品沒興趣嗎？」

「沒那麼有興趣。在地球上的時候吃地球食品就好。」

「你那是什麼名稱啊？」

不對，等一下。有趣的太空食品或許可以做為影片題材。因為不需要遮住臉了，所以拍美食試吃類型的影片也沒問題，確實可以多買一些太空食品，再搭配外表怪異的食物，例如深海魚之類的，畫面看起來也——

「你現在是不是正在想影片企畫？」

我的思考被織田一語道中，頓時清醒過來。太危險了，從昨天開始靈感就不停湧出，無法停止。

「沒錯。你居然能猜到。」

「都寫在臉上了。」

「因為拍影片真的很快樂。你也看到了吧，昨天直播的觀看次數很驚人對不對？實時觀看就有三萬人，而且把直播存檔影片上傳之後，觀看次數還破百萬。追蹤和訂閱人數都有增加，真是塞翁失馬焉知非福呢。」

「發生炎上事件後粉絲反而增加了，真的很不可思議。說實話，我那時候只覺得一切大概都完了。」

「可能是因為後續處理得很好？這種齊心協力跨越難關的劇情，正好是大眾愛看的。觀眾只要看到想看的東西就會心滿意足，所以這場騷動才能順利收尾。」

「你這個分析還滿事後諸葛的。反正只要結局好就沒關係。」

織田抬手隨意撥了幾下瀏海。看到他手上的戒指反光，我悄悄地揚起微笑。以後拍真人影片時就不必要求織田把戒指摘掉了。

「話說回來，我今天早上把『請大聲呼喊愛吧』副歌部分的影片傳給櫻田同學了。」

話聲剛落，織田就大聲嗆咳起來。我疑惑地問「沒事吧？」，織田則眼眶泛淚地低頭看向我。

「你這個消息來得還真突然。櫻田有回覆嗎？」

「沒回。不過也沒關係，我只是為了自我滿足而做的……織田要看影片嗎？」

「當然想看，不過感覺以松尾的藝術感性，沒辦法抱太大的期待。」

「話是這樣說，不過你還不是拚命想辦法讓我拍PV。」

「那跟做得好不好無關，我單純是想讓松尾做自己想做的事而已。因為，其實我還滿喜歡看到松尾投入創作時的快樂模樣。」

「我也喜歡看織田拚命去做某件事的樣子，因為很有趣。」

「總覺得我的喜歡和你的喜歡是完全不同的意思。你該不會把我當傻瓜吧？」

「我是在稱讚你啦。」

我笑著抬頭看向皺起眉頭的織田。

其實我不但很尊敬織田，也很感謝他，雖然絕對不會把這些話說出口就是了。畢竟要是沒有織田那句「一起當YouTuber吧」的邀請，我就無法成為現在這樣的我，也肯定沒機會和坂上、夏目成為朋友。

不對，要是沒有那句話，我說不定也無法和織田成為好朋友。反而是因為成為高中生之後那種難以表達的尷尬感而自然疏遠的可能性更高。

織田承受著我的視線，嚥了一下口水，躊躇著緩緩開口。

「那個，其實，我有準備驚喜。」

「驚喜？拜託不要搞什麼快閃喔。我不喜歡引人注目。」

「不是那樣。不是那種的……」

織田移開視線，抬手搔著後頸。在找藉口般地加快語調說。

「我今天說要來這裡，是有個想讓你見一面的人。」

「那個人是……」

我的話還沒說完，背後就被「咚」地敲了一下。是那種單純為打招呼而做，完全不會痛的動作。

我反射性地轉過身去。映入眼簾的是比記憶中長了幾分的黑髮。彷彿在掩飾害羞般翹起的唇角，一眼就知道是外校學生的靛藍色水手服。在百褶裙輕晃的裙襬下方，能看見白皙的小腿。

「櫻田同學。」

我不自覺發出低啞的聲音。身穿制服的櫻田同學背後揹著吉他的琴盒，尷尬地搔了搔臉頰，呻吟般地打招呼。

「好久不見。」

「啊、嗯，好久不見。」

「我看到PV了。因為想當面傳達感想，所以拜託野口小姐幫這個忙。」

「野口老師？」

聽見意料之外的名字，我不由得眨了下眼睛。旁邊的織田慌忙插嘴解釋。

「就、是那樣啦。是因為，那個……其實，真麻和櫻田一直有連絡，聊了很多事。我隨口把松尾升上高中之後好像在做PV的事告訴真麻，這件事就從真麻口中傳到櫻田那裡了。然後就發生了很多事，連我都被捲進要讓松尾和櫻田和好的大計畫裡面……」

「原來如此。所以織田特別想讓我去拍PV的真正理由，是這個啊。」

織田很注重拍攝地點的原因，或許也因為影片是要讓櫻田同學看的。如今回想起來，織田一直以來誘導我去的，都是櫻田同學說過的拍攝候選地點。

「也有那個理由吧，不過我剛才說的都是真心話喔。我喜歡看到松尾投入創作時的快樂模樣。」

「話說，雖然覺得不可能，不過你選擇我當YouTuber成員的契機，應該不會和櫻田同學有關吧？因為野口老師拜託你想辦法讓我和櫻田同學和好，所以才心不甘情不願地選了我——」

「才不是這樣！會找你一起，只是單純想和你一起做點什麼而已。因為我對上高中之後，和你就沒有交集的狀況覺得很焦慮。」

織田強行打斷我的話，使勁搖晃著我的肩膀。因為他辯解得太拚命，讓我覺得有點可怕。旁邊的櫻田同學則迅速退開一步，來表達不想被捲入的立場。

不過，織田似乎也完全不在乎周遭其他人的樣子。我抓住他的手腕，將他的手輕輕拉開。

「好啦，我知道了啦。」

「也是因為你看起來一直很想和櫻田同學和好啦。其實，我一直都很羨慕松尾和櫻田之間的關係。該怎麼說，就像戰友那樣？所以說，萬一因為吵架就不連絡就太可惜了。」

「關於這點我很感謝。」

「不要突然變坦率啦，我會不知道該怎麼應對。」

「我一直都很坦率啊。」

我這麼說是為了掩飾害羞。

「我說，你們要打情罵俏到什麼時候，可以先聽我說話嗎？」

櫻田同學彷彿再也忍不下去，開口說道。她雙手抱胸看向我們的傲慢姿態，和我記憶中一模一樣，僅僅如此就讓我覺得欣喜。

「誰在打情罵俏啊！」織田紅著臉反駁。

「櫻田同學，不好意思讓妳等這麼久。這全都是織田害的。」

「不對，為什麼是我害的！」

「好了，織田同學你先安靜一下。」

「抱歉抱歉。」

織田被櫻田同學一瞪，立刻舉白旗投降。

「然後啊，松尾同學。我無論如何都想和松尾同學談一談。」

「呃，談什麼呢？」

「談PV的感想。說實話，我覺得那個PV果然不適合我的歌曲，不過影片本身我覺得是我會喜歡的好作品。能感受到松尾同學花費了心思，是認真在為歌曲製作PV的。」

「啊……多謝稱讚。」

因為不知道該說什麼，所以我在背後握住雙手，低下頭。感覺現在的心情，是由歡喜和害羞剛好各半混合而成。

「能聽到櫻田同學這麼說就值得了。雖然我知道自己的技術還很不成熟。不過，我還是很想用影片來傳達，我喜歡櫻田同學創作的歌曲這件事。」

「我……不知道該怎麼說，真的很對不起。那一天我真的太固執了。」

櫻田同學說的那一天，是指去年平安夜時，我們的「喜歡」產生衝突，導致關係破裂的時候。

「我才該說對不起，櫻田同學有櫻田同學的做法，我卻說了過度干涉的話，真的很抱歉。我有為當時的多管閒事反省。」

當我將道歉說出口的瞬間，有種鯁在喉嚨中的重物頓時滑下喉的感覺。獨自一人反省或反駁令人痛苦到喘不過氣。始終被緊張感壓迫的肺部，此刻終於呼吸到新鮮空氣。

櫻田同學的視線微垂，靜靜地搖了搖頭。

「那不是多管閒事。我也知道松尾同學的意見是正確的。只不過，我很討厭把自己當作商品讓人消費的行為。」

「嗯，我也很怕被人消費。」

「但是松尾同學你們克服了這一點不是嗎？昨天我看見推特上突然開始流傳你們的照片時真的嚇了一跳，也很擔心到底會發展成什麼狀況。但是看到你們四個人靠自己認真思考，應對很多事情的樣子，真的讓我打從心底感到非常佩服。如果換成我一定會陷入恐慌，只想趕快從世界上消失。」

「這是因為我不是孤單一人，不是只有我。而且，還有守護著我們的粉絲……比如櫻田同學。」

「啊，被你發現了？」

「我有發現喔，因為用的暱稱內容是那個。而且，妳是第一個來愛呼喊影片留言的人，所以很顯眼。」

「我還以為不會被發現呢。」

櫻田同學露出惡作劇似的笑容，將烏黑鬢髮勾到耳後。

「今天能和松尾同學說到話真是太好了。」

「啊，我也是。很高興能和櫻田同學說到話。」

「如果我做出新歌，你能幫我拍影片嗎？」

「當然可以。話說回來，以前做的歌也可以拍。啊，可是我被周遭的人說過沒有藝術品味。」

「沒有藝術品味也沒關係。松尾同學只需要幫歌曲配上你想做的影片就可以了。因為我也會繼續做我想做的歌曲。」

櫻田同學邊說，邊將吉他盒重新揹正，然後看一眼露在袖口外的纖細手錶說著「我該去補習班了」。

「妳難得來這裡一趟，已經要回去嗎？」

「對。今天只是來和松尾同學聊一聊而已。松尾同學一定要去看星象儀喔。因為那是我喜歡的地方。」

「好。我會注意不要睡著。」

「那麼，之後再連絡。」

櫻田同學舉起一隻手，朝我們輕輕揮了揮。我看著她轉過身的背影，馬上對她說：

「櫻田同學，謝謝妳。」

「該說謝謝的是我。」

櫻田同學頭也不回地踏著瀟灑的步伐離開科學博物館。不回頭看這一點很有她的風格。

「你們能和好真是太好啦。」

剛才一直安靜聽著的織田對我露出笑臉。看到他的表情中流露出安心，我也忍不住跟著笑起來。同時也在內心反省，好像讓織田太操心了。

「來拍個給櫻田的影片吧？」

「影片？拍什麼？」

「當然是呼喊愛的影片啊。」

「為什麼突然要拍這個？」

「沒有啦，因為我想要看。想看松尾把愛說出來的樣子。」

「我隨時都能說愛啊。比如我愛織田——」

當我想接著說「也愛夏目、還有坂上」的時候，察覺到織田的反應很奇怪。他不自然地將臉轉向一旁，臉還紅到令人吃驚的程度。

「你那是什麼反應？」

「沒有啊，普通的臉紅而已。」

「太蠢了吧。」

「這種毒舌的發言很松尾呢。」

織田哈哈笑著，拍了拍我的肩膀。然後他直接大步走向坂上和夏目正在逛的伴手禮店。這肯定就是織田用來掩飾害羞的方式，最有利的證據就是他的耳朵還很紅。

我用雙手捧住自己發燙的臉頰。兩人說要當 YouTuber 的那一天，感覺像是很久之前發生的事。

不過，實際上只是幾個月前發生的事而已。

我追上織田的背影，遙想著過去的種種經歷。

「請大聲呼喊愛吧。」

這句話，就是我們兩人邁向開始的信號。

高寶書版集團
gobooks.com.tw

LN017

請大聲呼喊愛吧

どうぞ愛をお叫びください

作　　者　武田綾乃
譯　　者　蓬山青
編　　輯　李雅媛
美術編輯　班班
排　　版　彭立瑋
企　　劃　陳靖宜

發 行 人　朱凱蕾
出　　版　三日月書版股份有限公司
　　　　　Mikazuki Publishing Co., Ltd.
地　　址　臺北市內湖區洲子街 88 號 3 樓
網　　址　www.gobooks.com.tw
電　　話　(02) 27992788
電　　郵　readers@gobooks.com.tw（讀者服務部）
傳　　真　出版部　(02) 27990909　行銷部 (02) 27993088
郵政劃撥　19394552
戶　　名　英屬維京群島商高寶國際有限公司臺灣分公司
發　　行　英屬維京群島商高寶國際有限公司台灣分公司 / Printed in Taiwan
　　　　　Global Group Holdings, Ltd.
法律顧問　永然聯合法律事務所
初版日期　2025 年 8 月

國家圖書館出版品預行編目 (CIP) 資料

請大聲呼喊愛吧 / 武田綾乃著 ; 蓬山青譯 . -- 初版 . --
臺北市 : 三日月書版股份有限公司出版 : 英屬維京群島商高寶國際有限公司台灣分公司發行 , 2025.08
面 ;　公分 . --

譯自 : どうぞ愛をお叫びください

ISBN 978-626-7391-83-9 (平裝)

861.57　　114007362